ラルーナ文庫

お稲荷様は伴侶修業中

小中大豆

三交社

CONTENTS

Illustration

鈴倉 温

お稲荷様は伴侶修業中

本作品はフィクションです。
実際の人物・団体・事件などにはいっさい関係ありません。

序

葉擦れの音に混じって、遠雷が微《かす》かに聞こえた。彼は夜具に包《くる》まって、びくりと身を震わせる。

『怖い……助けて』

雷くらいで怯《おび》えてはならないのに。

彼は立派な神社に祀《まつ》られる稲荷《いなり》神だった。人々に敬われるべき存在なのに、雷ごときに怯えるなんて。自分でも情けない。でも怖い。どうしてこんなに恐ろしいのかわからない。

何しろ彼は、昔の記憶をすっかり失っていたのだ。

『じ……う……怖いよ』

普段は人々に祀られて、多少はいい気になっているけれど、雷の日には正体を暴かれたような気持ちになる。

――自分は本当に、神なのだろうか。

何かの間違いではないか。だって自分が生まれた時は、ただ寒さに震える小さな狐《きつね》だった。

一度死んで妖《あやかし》に生まれ変わり、けれどもその後の記憶がない。いつの間に、こんな立派な神になったのだろう。それにどうして、雷がこんなに恐ろしいのだろう。

わからない。だからこそ余計に怖い。自分は神だから、怖くても誰《だれ》にも頼れない。

たった一人を除いては。

『……こ』

鼻先で甘い水の匂《にお》いがして、気がつけば彼は、暖かく逞《たくま》しい腕の中にいた。

『もう大丈夫だ』

優しく低い声音に、彼の目からぶわっと涙が溢《あふ》れる。夢中でしがみついた。

『怖かった。怖かったよぅ』

待っていた。ずっと彼が来るのを待っていた。

同じ杜《もり》に住むもう一人の男神。いつも冷たく彼を遠ざけるのに、雷の日にだけ現れて、優しく抱きしめてくれる。

だから彼は、雷の日が死ぬほど恐ろしくて、けれど好きだった。雷の日は必ず、この優しい腕に会えるから。

一

神様は毎日忙しい。いや、世の中には日がな一日グータラしている神様もいるが、少なくともこの『最不ノ杜《もふのもり》神社』の稲荷神、夜古《やこ》は多忙な日々を送っていた。

朝は日の出とともに起き、自分の住まう本殿を掃除する。それが終わると身支度。まずは清水で顔を洗う。

「うう……すっかり水も冷たくなったのう」

本殿の端に拵《こしら》えてもらった手洗い鉢に、汲《く》んできた杜の清水を張って手を浸すと、ピリピリと指先がかじかむほどの冷たさだった。

顔を洗うのをさぼりたくなるが、本殿の神様がきちんとしていなくては、だらしのない神社だと思われてしまう。

丁寧に顔を洗い、「寒い寒い」と独り言をつぶやきながらタオルで拭《ふ》いた。タオルは白地に『最不ノ杜神社』とプリントされているものだ。毎年、神社の宮司が周囲へ年始のあいさつをするため大量に作るのを、夜古ももらったのである。宮司は安物だと言うが、ふかふかで使いやすい。大事に使って、いつかくたびれたら、雑巾《ぞうきん》に縫ってまたボロになるまで使う。

　顔を洗い終えると寝巻を着替え、髪と尻尾《しっぽ》をお気に入りの柘植《つげ》の櫛《くし》で丁寧に梳《す》いた。

「耳よし、尻尾よし。髪も……まっ、こんなものだろう」

　最後に漆塗りの手鏡でチェックをする。鏡の中に映る顔は、少年と青年の間くらいの年格好をしていた。くりくりとした大きな目が子供っぽく、自分でも気にしているのだが、夜古はまだ、この世に生を受けて百年ちょっと。つい最近神様になったばかりの新米なのだから、仕方がない。

　代わりと言っては語弊があるが、その昔、狐だった頃の名残である、たっぷりとした黄金色の尻尾と、人形《ひとがた》の頭のてっぺんからピンと立った耳はなかなか立派だった。

　身支度を終えると、掃除道具を持って本殿を出る。早朝の空気は、耳がかじかむくらいの冷たさだ。しかし、木々と土の清々《すがすが》しい匂いは気持ちが良かった。

　懐に入れておいた米粒を撒《ま》くと、近くの木々で待っていた雀《すずめ》たちが集まってくる。

『おはようございます、夜古様』

　年嵩《としかさ》の雀があいさつをすると、他の雀たちもそれに倣った。

「うむ、おはよう。朝は冷え込むようになったな。今年の冬は特に寒くなるようだ。身体《からだ》にはよく気をつけろよ」

これからぐっと冷え込むでしょう、と宮司の家にあるテレビが言っていた。外に棲《す》む動物たちにはこたえるだろう。夜古が言うと、年嵩の雀は『勿体《もったい》ないお言葉』と小さな頭を伏して恐縮した。それからふと、思い出したようにくちばしを上げる。

『夜古様。夜古様は最近、何かお変わりはありませんか』

「うん？　俺は至って快調だ。まあ、ちょっと仕事が忙しいがな」

神様稼業は真面目《まじめ》にやるとなかなか忙しい。神社の社務所は万年人手不足なので、その手伝いをしたりもする。その上、神様として新米の夜古は、空いた時間に神様修業もしなければならなかった。

「うちの禰宜《ねぎ》は、神でも容赦なくこき使うので大変なのだ」

宮司の一人息子、今は禰宜の職にある青年は近所でやり手と評判だが、やり手だけに神様の夜古も平気でこき使う。バイト代はくれるが、夜遅くまで残業をさせたりするのだ。それでこちらがごねると、「残業手当」と称して夜古が好きな油揚げをちらつかせる。

「む、愚痴になってしまったな。すまない」

神様が朝から愚痴などこぼしては、神社の格が落ちるというものだ。夜古は慌てて口を引き結んだが、年嵩の雀はどうしてか、じっと窺《うかが》うように夜古を見ていた。

「どうした？　何かあったのか」

『いえ、いえ、何も。御身にお変わりがなければそれでよいのです』

雀は取り繕うように言い、米粒を二粒、三粒拾うと慌ただしく去っていった。

「なんだ。おかしな奴だな」

いつもとは違う年嵩の雀の様子に首を傾《かし》げたが、夜古は気を取り直して掃除を始めた。

神社のある「最不ノ杜」は広く、どれだけ掃除をしてもし足りない。昼間は神社の職員が小まめに境内を掃き清め、時には植木職人や氏子のボランティアが入ってくれるが、それでも足りるということがなかった。

夜のうちに落ちた枝葉を掃き、手水舎《ちょうずや》の鉢をタワシで擦《こす》って綺麗《きれい》にする。一仕事終えると腹が減ったので、朝食を食べるために宮司の家へ向かった。

神様は物を食べなくても死なないが、心を込めて作られた食べ物には力が宿っているし、何より人の食べ物は美味《おい》しい。最初は気の向いた時だけもらいに行っていたが、宮司の妻に叱《しか》られてからは毎日通っていた。

『夜古様。ごはんがいらない時はいらないって言ってくださらないと。え？　忙しくて言いに来られなかった？　携帯で電話でもメールでもできるでしょ。うちの男たちったらどうしてこう、気が利かないのかしら』

神様なので携帯電話を持っていない、と言いたかったが、その時、夜古の隣で一緒に怒られていた宮司が黙ってうなだれていたので、夜古も何も言えなかった。

宮司の妻はよその土地から嫁いできて、もう数十年になるが、未《いま》だに夜古を人間と混同している節がある。冬に薄着をしていると風邪《かぜ》をひくと叱られるし、油揚げばかり食べていると、栄養が偏ると言ってやっぱり叱られた。

もっとも、夜古を人間と混同しているようなのは、宮司の妻に限った話ではない。夜古は普段から、狐の耳と尻尾をそのままに境内をうろついているが、神社の職員や氏子たち、それに近所の住民は、夜古の人ならざる姿にさほど頓着《とんちゃく》してはいないようだった。

たまに、遠くからお参りに来た客にぎょっとされる。しかしこちらが平然と「こすぷれです」と言うとなぜか納得された。そういう時、客はやたらと写真機を向けてくるので、ちょっと困惑する。

「俺は珍獣ではなく神なのだが。どうも昨今の人間の考えていることはよくわからんな」

ぶつぶつ言いながら、社務所の裏手にある『守田《もりた》』と表札のかかった宮司の家の戸を引いた。

「おっと。おはようございます、夜古様。今日も寒いですね」

中からちょうど、大柄な壮年の男性が出てくるところだった。この神社の現在の宮司、紀一郎《きいちろう》である。

「おはよう。昨日の晩は特に冷えたな。風邪などひいてないか」

紀一郎のことは、彼が赤ん坊の頃から知っている。今でこそ立派な体軀《たいく》をしているが、幼い頃は小さくて病弱だった。特に季節の変わり目には必ずと言っていいほど体調を崩したものだ。今もついつい、気にかけてしまう。本人もそれがわかっているのだろう、ニカッと破顔して、大きな手でわしわしと夜古の頭を撫《な》でた。

「お蔭様《かげさま》で元気ですよ。さあ、奥に朝ごはんができてますから、食べてください」

「む……うむ」

信愛の情を示してくれているのはわかるが、子供のように扱われているようで、いささか複雑である。

これから出かけるという紀一郎を見送って、ふんわりトーストとミルクの匂いのする廊下の奥へ行くと、食堂には紀一郎の息子の清太郎《せいたろう》が、トースターからパンを取り出しているところだった。

小柄な眼鏡《めがね》の青年は昨年、地元の大学を卒業して、今はこの神社の禰宜という神職に就いている。清太郎のことも生まれた時から見てきたが、父親ほど大きく、逞しくはならなかった。眼鏡の細面はまだ学生のような風貌《ふうぼう》だ。

「夜古様、おはようございます。ちょうどパンが焼けましたよ」

「ありがとう。今そこで紀一郎に会ったが、美和子は社務所か」

美和子というのは、宮司の妻だ。主婦だが神社の仕事もあるので、朝から社務所に回っていることがあった。

「ええ。今日は午前中からバイトの面接が入っているので、早めに行くと」

「年末年始の巫女《みこ》か。もうそんな時期なのだな」

大晦日《おおみそか》から正月にかけて、最不ノ杜神社にもたくさんの参拝客が訪れる。お札やお守り、おみくじを求める客で、授与所は大変な賑《にぎ》わいだった。さすがに神社の職員だけでは手が足りないので、アルバイトを雇う。

「今から確保しておかないと、年末年始はどこも人手不足ですからね。夜古様も、誰か心当たりがあったら声をかけてください。ちゃんとした方であれば、妖でもいいんで」

「いいのか」

「いいですよ」

ちゃんとした妖、というのがどういう妖かわからないが、バイトは人間でなくてもいいらしい。

清太郎に入れてもらったホットミルクを飲みながら、誰か頼めそうな相手はいただろうかと考える。けれど夜古にはもともとあまり、神や妖の知り合いはいない。

人間の知り合いのほうがよっぽど多い。杜の雀や動物たち、近所の猫とも仲がいいが、彼らに巫女のバイトは無理そうだ。

「うーん、難しいな」

真剣に考え込む夜古に、清太郎はジャムを塗ったトーストを渡しながらくすっと笑った。

「冗談です。大丈夫ですよ。神頼みする前に、ちゃんとアルバイトは確保しますから。それより夜古様、今日はちょっと、杜の祠《ほこら》に届けていただきたい物があるんですが」

杜の祠、と聞いて夜古の耳がぴくっと動いた。

「霆雨《じう》のところか」

最不ノ杜神社の本殿には稲荷神の夜古が祀られているが、じつはこの神社にはもう一つ、別の神の祠がある。

本殿に対して末社と呼ばれる、杜の奥の小さな岩の祠で、そこには霆雨という名の龍《りゅう》神《じん》が住んでいた。

「ええ。父さんがまた、知り合いからお酒をいただいたんです。それで霆雨様のところにと。すみません、俺も今日は祈禱《きとう》の仕事が入っていて」

「べ、別に。祠に行くくらい、構わないが」

なんでもないふりをしたが、尻尾がそわそわ揺れるのを止められなかった。

（璽雨に会える）

何日ぶりだろう。璽雨の姿を心に思い描くだけで、気持ちがふわふわする。

表に出さないよう、朝ごはんに集中しているふりをしたが、清太郎は夜古の顔を眺めてニヤニヤしていた。

「相変わらず、仲がよろしいようで」

「何を言ってる」

夜古が真っ赤になると、清太郎はますます面白そうな顔をする。

「照れなくてもいいですよ。神様同士がラブラブだと、恋愛関係のご利益がアップしますから」

「らぶらぶ……」

夜古、と自分を呼ぶ男神の甘い声を思い出し、かーっと顔が熱くなる。取り繕おうとして逆にギクシャクする夜古を、清太郎は笑いながら眺めていた。

その昔、最不ノ杜に住む龍神の霆雨は、世を倦《う》み人を嫌い、酒と色欲に耽《ふけ》るばかりの自堕落な神だった。

神々や妖から畏《おそ》れ崇《あが》められる力を持ち、誰もが見惚《みと》れる美貌《びぼう》を持つ偉丈夫なのに、いやだからこそ、力を持て余し、己が存在する意義を見出せぬまま、時が流れるのを斜に構えた気持ちで眺めていたのだそうだ。

もっともそれは今は昔の話で、そんな自堕落な男神はもういない。浮名を流しまくった報いを受けて、この百年ばかりは格下の蛇神に身をやつしていたが、先ごろ元の力を取り戻し、さらには品行方正な神様へと変貌を遂げていた。

「俺も、霆雨に相応《ふさわ》しい神にならねばな」

朝ごはんの後、清太郎から酒瓶を持たされた夜古は、さっそく霆雨のいる杜の祠に向かった。

道すがら、境内の手水舎で水鏡を眺め、耳と尻尾の毛を撫でつけて格好を整える。好きな相手にはよく見られたい、という気持ちは、人も神様も変わらないのだ。

そう、本殿に住まう稲荷神の夜古は、末社の龍神、霆雨が大好きだった。最初に彼を見た時から気になって気になって、夜古には冷たい男神に素直になれなかったけれど、本当の気持ちはずっと彼に向かっていた。

決して実るはずがないと思っていたのに、その気持ちが成就したのはついこの間、夏の終わりのこと。

二人は恋仲になり、璽雨はこれまでの冷たさが噓《うそ》のように甘やかになった。清太郎の言う通り、二人は今も「らぶらぶ」で、憂うものなど何もない。ないはずだ。

境内から杜に入る小道の端で、夜古は過《よぎ》った疑念を払いのけるように、ふるっと頭を振った。

(俺はもう、十分に幸せなのだ)

心の中で言い聞かせるようにつぶやいて、石畳で舗装された道を小走りに駆ける。鬱蒼《うっそう》と茂る木々の間を抜けた道の終わりに、澄んだ水を満々と湛《たた》える池があり、そのほとりに岩タバコの生い茂る祠があった。

人の手の入った立派な本殿に比べると、簡素で鄙《ひな》びた感はあったが、周りにある木々や草花は生気に溢れ、心地よい空気が流れている。

祠の奥に璽雨がいるのだ、と思うと、自然に足が早まる。しかし、気が急《せ》くあまり、地面に張り出した木の根に躓《つまず》いてしまった。

酒瓶を抱いていて、両手は自由が利かない。あっと思った瞬間、鼻先に甘い水の匂いがした。

「夜古」

優しい声音がして、地面に転がるはずの身体は、ぽすんと逞しい腕に抱きとめられた。

「霆雨！」

相手を確かめる前からわかっていた。こんなことをしてくれるのは、霆雨しかいない。

顔を上げると果たして、長らく焦がれていた美丈夫が、笑みを含んだ優しい目でこちらを見ていた。

夜空にけぶる月のような銀髪に、煌《きら》めく金の瞳《ひとみ》。夜古は彼より美しいものに、未だ出会ったことがない。

うっとりとその美貌に見惚れていたが、霆雨の姿がいつもと違うことに気がついた。

「大丈夫か。まったく。本殿の稲荷神はおっちょこちょいだな」

「霆雨、その格好は」

からかいの言葉も耳に入らず、夜古はぽかんと相手の格好を見上げていた。

「ん？　ああ、これか。ちょっと仕事で必要なのでな。当世風にしてみたのだ」

いつもは好みの着物を着て、長い銀髪を背に流している霆雨だが、今日は珍しく洋装をしていた。髪は後ろで緩く結んである。

「『せびろ』か。カッコいいな」

真っ黒で上着が一つボタンになっている。紀一郎や清太郎も、たまに仕事でこれを着て出かける。

「スーツというんだぞ、近頃では。そうか、カッコいいか」

見惚れる夜古に、璽雨は嬉《うれ》しそうな、くすぐったそうな顔をした。

「うん」

璽雨はいつでも美しいが、今日は一段と垢抜《あかぬ》けていて、なんだか見知らぬ者のようだ。胸がドキドキして、目が離せなくなる。ぼうっと見つめていると手が伸びてきて、そっと夜古の頬《ほお》を撫でる。

「なんだか久しぶりにお前の顔を見た気がするな。二日ぶりだったか？」

「うん……」

本当は、二日と半日ぶりだ。会えない間、ずっと寂しかった。けれど、そんなことを考えるのは夜古の我がままで、口にしてはいけないことなのだ。

璽雨は今、この土地のために力を尽くしている。自堕落だった彼が変わったのは、夜古がきっかけだった。周囲の人々や生き物のために働き、互いに思い思われる夜古を見て、璽雨は神とはこうあるべきだと思い直したのだそうだ。

神としての力は璽雨の方がずっと上だけれど、夜古を見習わねばならないと思い、懸命に働く夜古だからこそ好きになったのだという。

ならば夜古も、彼の志を妨げるような我がままを言ってはいけない。

「霾雨、これ。守田家から酒をもらったのだ」

胸に抱いていた風呂敷《ふろしき》を差し出すと、受け取った霾雨は包みを解いて興味深そうに酒瓶を見た。霾雨は大の酒好きだ。

「珍しい酒だな。飲むのが楽しみだ。宮司たちによく礼を言っておいてくれ」

以前は人嫌いだった霾雨が、今は人付き合いをしてくれるのが嬉しい。思わず顔を綻《ほころ》ばせると、霾雨も甘い微笑《ほほえ》みを浮かべた。美しい顔が近づいてきて、口づけをされるのだとどぎまぎした。

しかし、夜古が目をつぶろうとした時、

「霾雨様。せっかくの逢瀬《おうせ》をお邪魔をして申し訳ありませんが、そろそろ出かけませんと」

近くの楠《くすのき》の枝から若い男の声がしたかと思うと、一羽の烏《からす》がひらりと近くに舞い降りて、美しい青年の姿になった。

垢抜けた美貌の青年は、神ではなく妖である。翠《みどり》という、霾雨の眷属《けんぞく》の烏だった。いつも人形の時は流行《はや》りの服を着て、いかにも今どきの若者、といったふうだが、実は夜古よ

りうんと年上で、霆雨とも付き合いが長いようだった。霆雨の右腕である彼も、今日は黒いスーツを身に纏《まと》っている。

甘い空気の中に飄々《ひょうひょう》とした様子で入ってくる翠に、霆雨はちっと軽く舌打ちした。見られているとは知らずにいた夜古は、真っ赤になる。

「邪魔しているとわかっているなら、もっと時機を見計らえばいいだろう」

「これでも待ってたんですよ。でも放っておくと日が暮れそうなので。それから今日は、皆そこに、揃《そろ》っておりますし」

翠が自分の背後を示す。見れば、楠の枝には大小の烏が数羽、止まっていた。

長らく、末社のしがない蛇神に身をやつしていた霆雨には、じつは多くの眷属が仕えているらしい。じっと木の枝に控える烏たちも、そうした眷属たちの一部なのだろう。

部下たちの姿を見て、霆雨はそっと息を吐いた。

「夜古、せっかく来てくれたのにすまない。もう出かけなければ」

「気にしないでくれ。仕事なのだろう」

本音を言えばがっかりしたが、仕事ならば仕方がない。

「遅くなるが、夜には帰ってくる。本殿を訪ねてもいいか？　この酒を一緒に飲もう」

「もちろん構わないが。疲れてるだろう」

自分のために無理はしてほしくない。だが霎雨は、愛《いと》おしそうに微笑んだ。

「お前に会えば疲れも取れる。それにこのところ、お前の修業も見ていないだろう。結界の張り方がどれくらい上達したのか、見せてもらおうか」

いたずらっぽく言う霎雨に、夜古は思わず「うっ」と呻《うめ》いた。まだ神様として新米の夜古は、神の力をろくに使えていない。それで霎雨の指導のもと、神様修業に励んでいたのだが、成果は芳しくなかった。

焦る夜古を、霎雨は優しい目で見る。それから身を屈《かが》め、夜古の頬に軽く唇を押し当てた。

「では、また夜に」

言い残し、霎雨は瞬《まばた》きをする間に姿を消した。翠も軽くお辞儀《じぎ》をすると、烏の姿になって空へと舞っていく。他の眷属たちも彼に続いた。

一羽、また一羽と去っていくのを見送っていたが、最後まで残っていた小柄な一羽がなぜか旋回し、夜古の頭を掠《かす》めるように飛んでいった。

「わっ」

驚いて身を竦《すく》めると、「カア」と鳴いて去っていく。その鳴き声が、馬鹿にしたように聞こえたのは、被害妄想だろうか。

「なんなんだ」

ムッとしたが、もしかしたらただ飛ぶ方向を間違えただけかもしれない。夜古はそう考え直した。神様が細かいことをグチグチ言うものではない。どんと構えていなければ。

「うん。それより修業だ、修業」

もっともっと頑張って、力を使いこなせるようにならなければ。最不ノ杜神社の主祭神として、また璽雨の伴侶《はんりょ》として、恥ずかしくないように。

張り切る夜古は、小さな鳥のことをすぐに忘れた。

神は皆、その身の内に確かな核を持っている。宝玉と呼ばれるそれは、神々の中に生まれながらに備わっているものだ。これはいわば魂そのもの、宝玉が失われれば、いかに神であろうとも滅びてしまう。宝玉を持つからこそ、神は神なのだ。

その宝玉の大小で神の持つ力は決まり、何かしたからといって大きくなったり、小さくなったりすることはない。また、にわかに現れるものでもない。ないけれど、ごく稀《まれ》に、時を重ねた妖の内にも生ずることがある。

夜古がそれだ。夜古はこの世に生を受けてから三度死んだ。一度目は狐として、生まれたその年に。それから土地神の力で妖となった後、神々の争いに巻き込まれ、雷に打たれた時。けれども霾雨の宝玉の一部が偶然、夜古の身体に入ったことで生き延び、長い眠りに就いた。

再び目を覚ました時には妖だった頃の記憶を失い、この最不ノ杜神社の稲荷神として祀られていたのである。

三度目の死は、その宝玉の一部を霾雨に返した時。今度こそ、このまま死ぬのだと思ったのに、夜古の中に新たな宝玉が生まれた。

霾雨の宝玉を借りた偽りの神ではなく、本当の神になったのだ。

それでも生まれた宝玉は、とても小さい。夜古の持つ神としての力も、妖に毛が生えたほど弱々しかった。

「いや、力なら妖の翠の方が上かもしれんな」

夜古はため息とともにつぶやく。今朝《けさ》見た翠は、スーツがよく似合っていた。ちんちくりんの夜古より、ずっと美しい。霾雨と並び立つと、互いの美貌がさらに際立つ。

軽そうな男だが、翠は霾雨の右腕であり、霾雨に仕える者たちを一手に束ねている。

「でも、夜古様は力が小さくても立派な神様なんですから」

隣で清太郎の声がして、はっとした。見ると清太郎は、作業をしていた手を止めて、こちらを見ている。

「もしかして、俺は今、声に出していたか」

「ええ。大きい声で」

「す、すまん」

胸の内のつぶやきのつもりだったが、外に漏れていたらしい。神様が人前で愚痴をこぼすなんて。いかんいかん、と首を振る。今は仕事の最中だ。

夜古は守田家で夕食を食べた後、清太郎の巧みな誘導に引っかかり、社務所で残業をさせられていた。今日の仕事はお守り作りである。

よその神社では、お守りは業者から仕入れ、宮司ら神職者がこれに祈禱し、神様のご利益を注入してから販売する。

今まで最不ノ杜神社でもそうしていたのだが、清太郎の発案で今年から原材料だけを仕入れ、自分たちで組み立てることになった。なんでも、原価率が下がるのだとか。要するに、儲《もう》けが増えるということだ。

夜古もお守り作りに幾度となく駆り出され、すでに技は熟練の域に達している。迅速で丁寧、内職は夜古様が一番上手い、と職員たちからもお墨付きをもらっていた。あまり嬉しくないが。

「神様はそこにいるだけで周囲に恩恵をもたらすんだって、死んだお祖父《じい》さんが言ってました」

隣で一緒にお守り作りの作業をしている清太郎は、止めていた手を再び動かしながら言う。清太郎も、夜古ほどではないが早くて丁寧だ。

「ああ。神が何かしなくとも、宝玉の持つ力が周囲に作用するのだ。宣太《せんた》はそういうことをよく知っていた。俺が教えたわけでもなかったが」

先代の宮司、清太郎の祖父にあたる宣太は、普通の人間の知らないことを知っている、不思議な男だった。

長い眠りから覚め、記憶を失った夜古に、「あなたは稲荷神でしょう」と言ったのは宣太だ。夜古の身の内に宝玉があるのをすぐさま見抜き、この最不ノ杜を守っていた存在だと気づいたのだ。

宣太から、ここがあなたの家だと言われ、夜古は最不ノ杜神社の本殿に暮らすようになった。

「俺も宣太に言われた。人と同じように働き回らずとも、神はそこにいるだけでよいのだと」

目覚めたばかりで、記憶もなくし、何もわからず不安だった。確かに夜古の身体の中には大きな宝玉があるが、どうもこれは己が生来持っていたものではない。わけがわからないながら、別の神のものだと気づいていた。

不安で、誰かの宝玉を持っているのが怖くて、なのに人からは稲荷神だと拝まれるのが心苦しかった。

まだ先の戦が終わったばかりで、世の中全体が貧しかった頃だ。食べ物も少なくて、みんな年中お腹を空かせていたのに、自分たちの食べる分を削ってまで夜古にお供えをくれた。

それが申し訳なくて、夜古も宣太たち人間の仕事を手伝うことにした。

くるくるとよく働く夜古は重宝がられたが、張り切る夜古の内面の不安を、宣太は気づいていたのだろう。そんなに働かなくてもよいのだと、ある時言われた。

けれど、恩恵をもたらしていたのは宝玉の力だ。それがずっと後ろめたかった。

つい先ごろ、宝玉が本来の持ち主、霪雨に戻り、夜古が本当は大きな力を持たない神で、それどころかつい先日までただの妖だったと人にも知られてしまった。

なのに清太郎たちは前と変わらず、夜古様、夜古様と愛情を傾けてくれる。霪雨もまた、宝玉の力に囚《とら》われず、懸命に働く夜古だからこそ好きになったのだと言ってくれた。

なのに自分はこの頃、焦燥を感じている。霙雨と心が通じ合って最初は浮かれていたのに、近頃なんだか不安になる時がある。

霙雨が自堕落な生活を捨て、力を持つ神として日々立派になっていくにつれ、彼の傍らに立つにはあまりにも弱い自分が、嫌になるのだ。

(俺は強欲だ。今のままで十分に恵まれて幸せなのに、もっともっとと欲している)

人々から親しまれ、愛する者のそばにいるのに現状をよしとせず、さらにさらにと欲しようとする。

こんなふうに感じるのはいけないと思いながら、焦燥を感じ続けるのがもどかしかった。

(いかんな)

我知らず思い詰める自分に気づき、ふう、と息を吐いた。清太郎を心配させてしまう。

手元の作業に集中しようと姿勢を正したが、脇《わき》にあった段ボールを見て、ちょっとげんなりする。

「なあ清太郎。うちのお守りが人気なのは知っているが。いくらなんでも作りすぎじゃないか」

夕飯を終えてから、ずいぶんと作業に集中していたはずだが、原材料を入れた段ボールはいっこうに減らない。

「こんなにたくさん、売れないだろう」

不貞腐れて言ったのだが、清太郎は、

「何を言ってるんです」

ぴしゃりと言い切った。

「もうすぐお正月ですよ。初詣の参拝客がたくさんいらっしゃるんです。初詣といったら『最不ノ杜神社』！　今年は寺には負けませんからね」

最不ノ杜神社のある最不和《もふわ》町には、他に大きな神社はないが、近くに古い寺がある。町の住民の多くは神社の氏子であるとともに、寺の檀家でもあるのだった。初詣も神社に行く派と、寺に行く派とで分かれているらしい。

「競争するものではないと思うがな。それにほら、隣町の教会に行く者もいるんだろう。大晦日は氏神のうちを参って、初詣は寺という家もあるし」

人それぞれだと思う。毎年、正月近くになると近所の寺にライバル意識を燃やす清太郎に、夜古はちょっと呆《あき》れながらたしなめた。清太郎は眼鏡の縁に手をかけつつ、じろりと夜古を見る。

「信仰は自由ですよ。でも、初詣の参拝客は破魔矢やお守りをたくさん買ってくれるんです」

「要するに、儲けの話か」

「それだけじゃありませんが。お金は大事です」

胸を張って清太郎は言う。うちの禰宜は、玉串《たまぐし》よりソロバンを持たせた方が似合うと夜古は常から思っている。金に並ならぬ思い入れがあるのだ。

「そうそう、初詣といえば初みくじ。今日はお守りの増産ですが、明日からはおみくじを作りますからね」

「うえっ」

藪蛇《やぶへび》だった。この分だと、年末まで内職が続くだろう。

「こんなに神をこき使う神社は他にないぞ」

「ほらほら、文句を言う前に、手を動かしてくださいよ。終わったら、笹川《ささがわ》豆腐店の油揚げをあげますから」

「そんなことではほだされんぞ。まったく、うちの神社はとんだぶらぶら企業だな」

漫画本で覚えた言葉を使ってみたのだが、

「それを言うならブラック企業でしょ」

呆れたように言われ、夜古はむくれた。

夜古、と遠くで呼ぶ声がした。

それは二度三度、続いた気がする。もっと多かったのかもしれない。けれど夜古はぐっすり寝ていて、最初のうちは気づかなかった。

「夜古。眠っているのか」

声はひっそりとしていた。眠っているなら起こすには忍びない、そんな優しい声だ。ムニャムニャと寝返りを打った拍子に、夜古はようやく声に気づいた。

「霎雨？」

どこからするのだろう、と目を擦って、はっとする。寝るつもりではなかったのに、いつの間にか眠っていた。

清太郎に夜遅くまでお守り作りをさせられて、終わるとご機嫌取りに油揚げと漫画本を持たされた。

へとへとだったので、霎雨が来るまでちょっとの間休もうと思い……本格的に寝てしまったらしい。

「そうだ、修業」

璽雨に見てもらうはずだったのに、今日はあれから一つも練習をしていない。オロオロしていると、本殿の外から「夜古?」と璽雨の声がした。

「入っていいか」

「あ、うん」

甘い水の匂いがして、目の前に璽雨が現れる。スーツは脱いでいて、今は普段通りの着物姿だった。朝とは違う姿に胸がときめいたが、それはすぐに霧散した。

璽雨の様子がいつもと違う。夜古を見る目は優しいが、身に纏う空気がどこか張り詰めているように感じられるのだ。仕事で何かあったのだろうか。

「寝ていたのか。起こしてすまなかったな」

夜具が出ているのを見て、璽雨は言った。夜古は慌てて夜具を部屋の隅に押しやる。

「いや、これは違うんだ。ちょっと残業が長引いて疲れたから、少しだけ休もうと思って」

璽雨は今まで外で仕事をしていたというのに、グータラしていると思われたかもしれない。ただでさえ神様修業が上手くいっていないというのに、これ以上、璽雨に呆れられたくなかった。

しどろもどろに言い訳をする夜古に、璽雨は苦笑する。

「気にするな。俺が遅くなりすぎたんだ。お前も神社の手伝いで疲れただろう。修業はともかく、お前の顔だけでも見ておきたくてな」

甘い言葉をかけられて、一気に舞い上がった。

「俺なら大丈夫だ。ちょっと寝たし。あっ、でも、霆雨が疲れているなら修業はやめようか」

このまま帰したくなくて、急いたように言うと、また笑われる。それから少し考えるような仕草をして、「では修業の成果を見せてもらおうか」と言った。

「今から酒を飲んでいると、朝になってしまいそうだからな。俺も明日はまた朝から仕事だし」

「忙しいんだな」

霆雨の仕事のことはよくわからない。だが今日の霆雨はやはりどこか張り詰めていて、疲れているようだった。大変なのだろう。

「大丈夫か？　肩を揉《も》もうか」

自分ができることといったら、それくらいだ。だが霆雨は、夜古の言葉が面白かったらしく、くすくす笑ってかぶりを振った。

「そんなことしなくていい。それより顔を見せてくれ」

両の手に頬を包まれ、夜古はうっとりした。そっと目を閉じると、柔らかく口づけされる。

「……ふ」

丁寧に口づけを繰り返され、優しく背中を撫でられて、耳と尻尾が揺れる。こうして二人きり、ゆっくりと触れられるのも久しぶりだった。

続きをするのかな、と考えて胸がドキドキした。いつも霪雨に触れられると頭がぼうっとなって、わけがわからないうちに抱かれてしまう。美しい男神が与える快楽はめくるめく夢のようだ。夜古も霪雨を気持ちよくさせたいのに、そんな決意を忘れさせるほど、どろどろに溶かされてしまうのだ。

長く歳《とし》を重ねた霪雨とは違って、夜古は色恋に拙《つたな》い。初々しいのがいいのだと霪雨は言うが、ぼんやりしたままの相手などつまらないのではないだろうか。

今度こそはもっと積極的にするぞ、と、これまで何度も思った決意を今日もする。重ねられる唇に拙いながらも応《こた》え、おずおずと霪雨の背に手を回してみた。

ところが、夜古の手が背中に触れた途端、霪雨ははっとしたように唇を離した。

「……じゃあ、修業の成果を見ようか」

「えっ？　あ、うん」

てっきり続きをすると思っていたので、拍子抜けする。だがさっき、修業の成果を見てやると言ったのだ。勝手に早とちりした自分に、恥ずかしくなった。

「結界を張る練習はどうなった？　俺の出した課題はできるようになったか」

師匠の顔になった霎雨は、いやらしいことなど微塵《みじん》も考えていなかったのか、冷静そのものといった様子だった。まだドキドキしていた夜古は、霎雨の言葉にさっと青ざめる。

「い、一応は。でも」

「よし。一応でもいい。やってみせてくれ」

有無を言わせぬ口調に、夜古は部屋の端にある行李《こうり》から漫画雑誌を一冊、取り出す。清太郎からもらったものだ。修業をするのに使っている。

何か両手に余るくらいの大きさで、壊れてもいいものはないか、と清太郎に尋ねたら、読み古しのこれをくれた。

上手くいきますようにと心の中でつぶやいて、そおっと本の表紙を撫でる。

生まれながらの神様は、宝玉の持つ神通力によって、結界を張ることができるという。空間に任意の境界を作って、その境界の内側を外界と隔絶するのだ。遮断された内側は、外側とは異なる空間となる。時の流れからも外れるが、応用編として、時間だけは外界と共有したり、あるいは決まった物や人だけは通れるようにすることもできるらしい。

らしい、というのは、まだ夜古は応用ができないからだ。それどころか、小さくて薄い結界しか張れない。ちゃんと境界を作ったつもりでも、気がつくと結界が解けていたりする。どのみち弱い力なので、霎雨のような強い力があれば、一吹きで消えてしまう。

小さな宝玉しか持たないので仕方がない。それに夜古はつい最近、宝玉が身の内に生まれた者だ。霎雨のような生まれながらの神様は、誰に教えられるでもなく力の使い方を知っているが、夜古はまったくわからない。

だから日々修業をして、持てる力をすべて出し切れるようにしようと、霎雨と決めた。最初は、縁日で霎雨に買ってもらった、小さな薄荷パイプに薄い結界の膜を張るのが精いっぱいだった。それでも段々とコツが摑《つか》めてきたので、今度はもう少し大きい、この漫画雑誌に結界を張るのが、目下の課題となっている。

「力まなくてもいい。大事な物を守ることを想像するんだ。結界を張る術《すべ》は、お前の身の内の宝玉が知っている」

「う、うん」

なかなか張れない結界に息を詰める夜古へ、霎雨の冷静な声が言う。

霎雨の指導も、最近は板についてきた。最初のうちは、自分が当たり前にできることを教えようとしても上手く言葉にならないようで、さっぱり要領を得なかった。

そうじゃなくてこう、だとか、こうじゃなくてああだとか、言われるたびに混乱したものだ。霊雨にも混乱が伝わったのだろう、少しずつ具体的になってきている。

夜古を導くために霊雨も努力をしてくれているのだ。それがわかっているから、彼の期待に応えたかった。

「う……あれ？」

なのに、張り切った時ほど上手くいかない。普段の練習ではきちんとできるのに、今日はどんなに頑張っても上手く結界を張ることができなかった。

「夜古、もういい」

何度も繰り返し漫画雑誌を擦り、やがて告げられた言葉に一瞬、泣きそうになった。見放された。恐怖にひくりと喉《のど》を震わせると、霊雨は夜古の気持ちに気づいたのか、慌てたように言った。

「焦って無理をしなくてもいい、という意味だ。簡単にできるなら、修業の意味はないだろう？」

「でも、いつもはできるんだ。一人で練習してる時は。……一応だけど。本当なんだ」

これくらいの大きさだと、張ってもすぐに消えてしまうけれど。でも嘘ではない。必死で言い募る夜古を、霊雨は優しく宥《なだ》める。

「わかっている。最初は結界を張ることもできなかったのに、短期間にできるようになっただろう？　お前が頑張っている証拠だ。だが根を詰めるのはよくない。疲れている時に無理をしても上手くいかないだろう」

確かにその通りだから、それ以上は何も言えなかった。しょんぼりとうなだれる夜古の髪を、霾雨は慈しむように撫でる。

「さあ、今日はもう寝るといい。明日も早いのだろう」

「えっ？　あの、霾雨は？」

まさか、これで終わりなのだろうか。まだ会ってからほんの数分しか経っていない。二日半ぶりの逢瀬なのに。

「祠に帰る。俺も明日また、早くに出かけなければならないんだ。隣町の……祝山《いわいやま》を巡回しなければならなくてな」

「何かあるのか？」

聞きなれた地名に、思わずぎくりとした。

祝山は少し前まで、女神が住んでいた山だ。霾雨にも夜古にも因縁深い場所だった。その昔、霾雨はほんの遊びで祝山の女神に手を出し、修羅場になった。先頃、復活した女神が再び霾雨を襲い、死闘の末に宝玉を失って滅亡した。

女神の住処《すみか》であった祝山は、彼女が長らくそこにある命という命を食らっていたために、不毛の山であったのが、今は恐ろしい存在がいなくなり、ぽつぽつと木々や草花が芽吹いていると聞いている。問題があるとは思えなかったのだが。

夜古が問うと、霾雨は複雑そうな顔をした。

「ちょっとこじれている。悪《あ》しき女神だと思っていたが、あの女の力は周囲の抑止力になっていたのだな」

聞けば女神がいなくなってから、周囲に住む神々たちが小競り合いを起こしているのだという。元々、あの周辺には中位の神が数人、住んでいた。山の女神がいるうちは、彼女の力を恐れて祝山には近づかずにいたのだが、畏怖《いふ》すべき存在がいなくなって、互いが祝山を我がものにしようと動き出したのだという。

「大変なのだな」

霾雨はその仲裁に日々、忙しく動いているのだ。霾雨ほどの力を持つ神は、祝山の女神くらいだったから、他に適役がいないのだろう。

「大したことではないさ。どのみち年内には一旦、落ち着くだろう。年末には今年も歳神《としがみ》たちがやってくる。彼らを迎えるのに忙しいだろうからな」

毎年この時期には、歳神たちが年を改めにやってくる。彼らがいなくては年が明けないから、つつがなく土地の神々は彼らを迎えようとするのだ。

「だがしばらくは、祝山に通わなくてはならないだろう。お前との時間が取れなくて申し訳ないが」

「いいんだ」

寂しいけれど、仕方がない。霆雨は大変なのだ。さっきピリピリして見えたのは、疲れているせいかもしれない。

かぶりを振ると、霆雨は夜古の額に軽く口づけをした。

「では、またな。夜古」

そうして瞬きをする間に消えてしまう。

「霆雨。おやすみ」

だから夜古が霆雨にかけた言葉も、彼には届かなかった。残されたのは、額にされた口づけの温かな余韻だけ。

「唇には、してくれないのだな」

それ以上のことも。わかっている。忙しいのだ。

でも心が通じ合った当初、霆雨は夜古が悲鳴を上げるほどベタベタしていた。ほんのわずかな時間でさえも、唇を重ねたし、それ以上のことだってしていたのに。

どうして、いつから手を出してくれなくなったのか。

夜古が上達しないので呆れたのか。いつまでも色恋に拙いままだから、物足りなく感じたのだろうか。

「いや、そんなはずはない。甕雨はそんな薄情ではない」

口に出して否定をするそばから、不安はムクムクと大きくなっていった。

朝になった。

あれから夜古は寝床に入ったものの、甕雨の気持ちを想像して悶々としているうちに夜が明けてしまった。

「雀たちに餌《えさ》をやらねば。それと掃除も……」

寝不足でしょぼしょぼする目を瞬《しばたた》かせ、身支度をすると境内に下りた。雀たちが寄ってくるのに、米粒を撒いてやる。しかしぐるりと見回して、毎日来る年嵩の雀の姿がないことに気づいた。

雀たちの顔ぶれは毎日、少しずつ違うものだが、年嵩の雀は欠かさず夜古のところへやってくる。年も年だしと心配になった。

「お前たち、爺《じい》やはどうした。具合でも悪いのか」

夜古が尋ねると、米粒を拾っていた雀たちは、互いに顔を見合わせる。それから一斉に、ピチュピチュと喋《しゃべ》り出した。

『爺様は猫たちとおります』『楠田《くすだ》家の兄弟猫』『乱暴な奴らですよ。近づくと戯れに齧《かじ》られそうになるんです』『キジトラと鉢割れの』『猫どもが龍神様のところに直訴すると言うので、爺様は止めに行きました』『猫って雀食べるんだって』『やだ猫怖い』

「猫たちが？」

楠田家の兄弟猫というのは、神社の近くにある家の猫たちだ。神社の境内に捨てられていたのを夜古が拾い、紀一郎や清太郎たちが育てて里子に出した。家が近いので、よく遊びにくる。

要領のいい猫たちが最近、おやつをもらいに璽雨の祠にも出入りしているのは知っていたが、何を直訴するというのだろう。しかも、年嵩の雀が止めに行ったという。

不穏なものを感じ、夜古は箒《ほうき》を境内に置くと急いで祠に向かった。手水舎の脇にある、祠に続く小道を駆け下りていると、道を外れた草むらからウニャウニャ、ピチュピチュと言い合う声が聞こえた。

『あいつらみんな、許せません』

『璽雨様に懲らしめてもらわなきゃ』

キジトラと鉢割れの兄弟猫は、草むらの中で何やら憤慨していた。年嵩の雀はその頭上にある木の枝に止まり、必死でそれを宥めている。距離がずいぶんあるのは、猫たちに齧られないための用心だろう。

『だからそれが余計なことだと言うのだ。神々のことに我らが口出しすべきでない』

『なんで。どうして。じっちゃんは夜古様の味方でしょう。夜古様を悪く言う奴らに腹が立たないの？』

何を揉めているのだと声をかけようとしたのだが、自分の名前が出てきたので、間に入ることができなくなった。

『無論、腹立たしい。根も葉もない噂《うわさ》だ。夜古様が璽雨様の宝玉を奪ったなどと……』

雀はそこで、ハッとくちばしを閉じた。猫たちも同時に夜古のいる小道を見る。息をひそめていたつもりだったが、耳のいい彼らにはわずかな衣擦《きぬず》れの音が聞こえてしまったらしい。夜古は誤魔化《ごまか》すことができず、雀と猫たちの前に歩み寄った。

「雀たちに聞いて、お前たちの様子を見に来たのだ。俺の悪い噂が流れているのか」

『や、夜古様。いえあの』

年嵩の雀はしどろもどろに誤魔化そうとしたが、まだ若い猫たちは血気にまかせてニャッニャッと声を上げた。

『そうなんです。夜古様は霙雨様の宝玉を奪って力を得たんだって。そればかりか、人間に媚《こ》びてこの神社を建てさせたんだって言うんです。ただの妖なのに、今も霙雨様に取り入って、宝玉の欠片《かけら》をもらって生きてるのだとか』

『ああこれ、お前たち』

『妖や神様たちが、我ら鳥獣にまで吹聴して回ってるんです。夜古様は霙雨様をたらしこむインランだって。インランてなんですか？　よくわからないけど、夜古様を悪く言うのは許せません』

興奮気味にまくし立てる猫たちの話を聞き、ようやく事態が呑《の》み込めた。

そんな噂が出回っているとは、まったく知らなかった。夜古はあまり、神々や妖に知り合いがいない。霙雨や翠くらいだから、噂が耳に入らなかったのだろう。

媚びているとか淫乱《いんらん》だとか、悪意のある噂だが、つい最近まで、霙雨の宝玉を持っていたのは事実だった。自分の意志ではなかったが、誤解されても仕方がない。

「ありがとう、お前たち。心配してくれたんだな。爺やも」

『いえ、私めは』

昨日の朝、年嵩の雀が何か言いたげにしていたのは、この噂のことだったのだろう。情報通の彼は猫より先に知っていたのだ。いきり立つ猫たちの喉を撫でる。兄弟猫は不満げな顔をしながらも、ゴロゴロと喉を鳴らした。

「俺は大丈夫だ。噂はただの噂だから、気にする必要はない。でも璽雨には言わないでおいてくれ。心配させてしまうから」

夜古が諭すと、猫たちは渋々うなずき、朝ごはんの時間だからと家に帰っていった。

『では私も。夜古様、噂などお気になさいませぬよう』

「うむ、わかっている。ありがとうな」

色々と気を回してくれた年嵩の雀にも礼を言い、飛び立つのを見送る。と、目を上げた木の枝の端に、さっと黒い羽が横切るのが見えた。

「翠か？」

声をかけたのはただの勘だったのだが、果たして樹の陰からひらりと大型の鳥が舞い降り、人形を取った。

「ばれましたか」

バツが悪そうな青年を見て、にわかに胸が騒いだ。いつからそこにいたのだろう。

「今の、聞いていたのか」

震える声で問うと、翠は気まずそうに目を逸《そ》らした。

「まあ。大きい声でしたし。別に立ち聞きしてたんじゃないですよ。騒がしいから、何かなって思って様子を見に来ただけで」

「翠。霎雨には黙っていてくれないか」

「え？　でも」

「頼む。こんな噂を知ったら、霎雨が心配する。それに、俺も……霎雨には知られたくないのだ」

夜古は必死で頼んだ。心配させてしまうから、と猫たちには口止めしたが、それだけではない。

淫乱だとか、こんな悪い噂が流れていると知られたら、霎雨に呆れられてしまう。霎雨にだけは知られたくないと思った。

「頼む、翠。黙っていてくれ」

何か言いたげにしていた翠だったが、夜古が懇願すると、やがて大きくため息をついた。

「わかりました。霎雨様の耳には入れないようにします」

「ありがとう、翠」

涙が出そうになって目を瞬かせると、翠は苦い顔をした。

「雀も言っていましたが、ただの噂です。あまり気にしませんように」

普段は必要以上に馴《な》れ馴れしい彼にしては、素っ気ない口調で告げ、翠は再び鳥の姿に変わると、どこかへ飛び去っていった。

「あ……」

翠は、夜古をふがいない神だと思っただろうか。霆雨の片腕にそう思われるのだとしたら、悲しかった。

「もっと、頑張らないと」

噂など吹き飛ばすくらいに。けれど霆雨のような力を持つことは不可能だ。

どうすればいいのか、夜古にはわからなかった。

二

年の瀬が迫る頃、最不ノ杜の周辺は急に気温が下がって冬らしくなった。朝晩は神様の夜古でさえ震えるような寒さだ。しかし今年は、美和子が清太郎とお揃いで夜古にも綿入れを拵えてくれたので、朝の掃除もぬくぬくして苦にならない。

「俺は幸せ者なのだ」

境内の掃除をしながら、つぶやいてみる。本当にそう思っているのに、気持ちがちっとも晴れないのはどうしてだろう。

悪い噂が流れていると聞いてから半月以上が経つが、あれから噂がどうなったのか、夜古にはわからない。年嵩の雀は話に触れてこないし、気にするなと夜古が言ったせいか、猫たちは噂など忘れたように遊びに来る。

霾雨とはあまり、一緒にいる時間が取れなかった。霾雨が忙しいのに加え、夜古も今まで以上に仕事と修業に邁進《まいしん》するようになったからだ。

たまに顔を合わせても、互いの住まいに上がることはない。睦《むつ》み合うどころか、口を合わせることすらしていなかった。手を握ったり顔に触れるのがせいぜいだ。

夜古はもっと霪雨と触れ合いたい。慣れていなくても身体を重ねたい。いやせめて、何もなくてもいいから以前のように、霪雨に甘やかされたかった。

付き合いたての頃は、お互いの住まいに行けば霪雨は決して夜古を離さなかった。手ずから食べ物を食べさせてくれたり、髪や尻尾を丁寧に櫛で梳いてくれたり、こちらが恥ずかしくなるくらい甘やかされていたのだ。

でも今は、何もない。顔を合わせて少し話をするくらい。じゃあまたな、と別れるたびに、もう俺に飽きたのか、と問いたくなる。

霪雨の気持ちを疑うなんて嫌だった。けれどあの美丈夫の隣で胸を張れる自信が、夜古にはない。では胸を張れるよう頑張ろうと修業をするのだが上手くいかず、落ち込む。このところずっと、そんな堂々巡りを繰り返していた。

「おはようございます、夜古様。今日はいいお天気ですね」

仕事に集中しようと境内を掃いていると、鳥居の向こうから老人の声がした。

「おお、徳一《とくいち》か。久しぶりだな」

振り返ると、顔なじみの老人が鳥居をくぐるところだった。最不和町の商店街で豆腐店を営む、笹川徳一という男である。氏子でもあり、時々こうして参拝に訪れる。

夜古と霊雨の間に起こった詳細な事柄を知る、数少ない人間の一人でもあった。一時期は豆腐店に居候をさせてもらったこともあり、大変お世話になっている。

「風邪は治ったのか」

「お蔭様で。夜古様お手製の、『病気平癒』のお守りが効きましたよ」

ありがとうございます、と深々頭を下げられるので、いやいやなんの、と夜古も頭を下げる。

高齢ながら健康そのものの徳一が、珍しく風邪で寝込んでいると聞き、心配だったのだ。こうして元気な姿を見られて、安心した。

「でも、まだ無理はしないでくれ。徳一の油揚げが食べられなくなるのは困る。息子のも悪くはないが、やっぱり徳一の油揚げの方が美味《うま》い」

徳一が寝込んでいる間、跡継ぎの長男が豆腐や油揚げを作っていた。サラリーマンだったのを引退してから店の手伝いを始めたので、まだまだ豆腐作りの腕は徳一に及ばない。とはいえ、ずばり口にするのはちょっと偉そうかな、と言ってから後悔したが、徳一は嬉しそうに笑った。

「そう言っていただけると、店に立つ張り合いがあります。ところで暖かそうな綿入れですねえ」

「うむ。美和子が作ってくれたのだ」

美和子が使わなくなった自分の道行をほどいて、作ってくれた。道行は娘時代に着ていたものなので、鮮やかな山吹色の地にピンクや朱色の花柄だ。

これよりは地味な弁柄色の綿入れをもらった清太郎が、気の毒そうな顔をして「俺のと交換しましょうか」と言ってくれたが、暖かいので気にせず使っている。

「色合いも暖かそうですね」

得意げに綿入れを見せる夜古に、徳一も目を細める。それから手に持っていた紙袋から小さな包みを取り出して、夜古に差し出した。

「少し早いのですが、今日は神社の皆さんに年末のごあいさつに伺ったのです。これは夜古様に」

受け取ると、包みからふんわりと油揚げの香ばしい匂いがして、耳がピクピクした。

「まだ大晦日まで日があるが」

「今年の年末年始はハワイで過ごすことになりまして」

聞けば、海の向こうの南の島には、徳一の二男一家が住んでいるのだそうだ。今年はクリスマス前に店を閉め、長男一家と一緒に二男の家でのんびり過ごすのだという。

「おお、それはいい。たまには暖かい場所で、ゆっくり疲れを取らないとな」

病気もなく元気だが、徳一は八十を過ぎている。親の代から続く豆腐店をずっと守ってきたのだ。また当分、徳一の油揚げが食べられないのは残念だが、ここらで店を休んで骨休めも必要だろう。

「私らが滞在する土地には有名な、火山の女神がいらっしゃるそうです。お会いはできないでしょうが、火山を見てきますよ」

美しいが気性の荒い、恐ろしい女神だという。どこかで聞いた気がして、夜古はうっと尻尾をしぼませた。祝山の女神も怖かった。山の女神というのは、どこも気性が荒いのだろうか。

「神様といえば、今年も歳神様をお迎えするのでしょうね。私はまだ一度もお目にかかったことはありませんが」

「ああ、人前にはあまり姿をお見せにならないようだな。今年も我が本殿の客間にお泊まりいただく予定だ」

そろそろ歳神たちが、年を改めにやってくる頃だ。歳神は大勢いて、毎年違う土地に赴任する。大晦日の少し前からやってきて、正月七日が過ぎるとまたどこかへ去っていくのである。

滞在中は、その土地の神々の住まいに客人として泊まり込むのが慣例だ。大体がその地域にある大きな神社に招かれる。最不和町ではこの最不ノ杜神社が一番大きな社なので、夜古が祀られるようになってからこっち、毎年夜古の本殿に歳神を泊めていた。普段は物置になっているが、そのための客間も、お客様用の夜具もちゃんとある。

歳神は時間を司る神で、悠久の時を生きてきた、強い力を持つ者ばかりだ。大体が年老いた姿をしていて、おっとりのんびりしている。そんな大らかな客人を招いて、一緒に年末年始のご馳走《ちそう》を一緒に食べるのは、夜古にとってもとても楽しみな行事だった。

「昨年いらっしゃったのも、愉快なご老人だった。あちこちの土地の話をしてもらったのだ。俺は旅というものをしたことがないから、今年も楽しみだ。そうだ、徳一も旅から戻ったら、異国の話をしてくれないか」

女神は怖いが、南の島には興味がある。徳一と約束をして別れ、再び掃除を始めた。

「はあ……」

徳一と話している時は悩みを忘れられて楽しかったのに、一人になるとまたいろいろと考え込んでしまう。

「いかんな。神がぐじぐじしてはいかん」

周りに人がいないのをいいことに、声に出して己を叱咤《しった》してみる。

「何を憂うことがある。恋人とはらぶらぶだし、稼業の方も至って順調ではないか。綿入れは暖かいし、毎日お腹いっぱい美味しいごはんが食べられるんだ。こうして油揚げにも事欠かない……」

だが本当にそうなのだろうか。自分で口にしたことに、胸の内では疑問を持っている。霎雨はどうして以前のように、夜古を甘やかしてはくれないのだろう。夜に閨《ねや》を共にすることはおろか、もうずいぶんと唇を合わせることもしていない。

それはいったい、なぜなのか。

「ただ忙しいだけだ。本人も言っていたし……」

「ずいぶんと、独り言が多いね」

己の考えに煩悶《はんもん》していた夜古の耳元で、唐突に声がした。驚いて振り返る。背後には誰もおらず、代わりに少し離れた手水舎の前に、見慣れぬ男が一人、立っていた。

いつの間に現れたのだろう。つい一瞬前まで、人の気配など感じられなかったのに。そしてたった今聞こえた声が、耳元でしたと思ったのは、気のせいだろうか。

「やあ。神社の子かな?」

ニコニコと、やたら陽気な笑顔を振りまきながら男が尋ねる。懐っこいというより馴れ馴れしい笑顔に、夜古は困惑しながら「ああ」とぎこちなく首肯した。

耳も尻尾も出しっぱなしだが、男は気にした様子もない。今さら引っ込めるのもおかしいので、そのままにしておいた。

派手な男だな、とまず思った。帽子からこぼれる髪は鉄錆《てつさび》色で、緩く癖のついたそれを背中まで伸ばしていた。身に纏うのは白いスーツに白い帽子。冬にはちょっと寒々しい。これだけ距離が離れているのに、香水の匂いがきつく香ってくる。傍らには大きな行李のような旅行鞄《かばん》があった。

（洋行帰りか？）

長身で端整な顔立ちの男だが、美しいというより、とにかく派手な印象だった。

「失礼した。ご参拝の方かな」

独り言を聞かれていたことを思い出し、恥ずかしくなる。取り繕うように言うと、男は耐えかねたようにプッと吹き出した。そのまま身体を折って笑い続けるので、さすがにムッとする。

「何がそんなにおかしいのだ」

「人との区別がつかないなんてな」

皮肉めいた言葉にはっとした。同時に、男の身に纏う空気が一変する。それまで隠されていたものが露《あら》わになり、身の竦む威圧感に襲われた。

人ではない。妖でもない。そばにいるだけで自然と恐れ畏《かしこ》まる、それは力ある神の証《あかし》だ。

「お前？」

夜古が思わず口にした言葉に、男は咎《とが》めるように目を剝《む》いた。それだけの所作が恐ろしく、夜古の耳はびくびくと震えてしまう。

「近頃、霙雨ではない下っ端の神が本殿に祀られていると噂に聞いていたが。思った以上の小物だなあ。霙雨の宝玉を奪った妖とは思えん」

呆れたような声で男は言う。言葉ぶりからして、派手な成りの男神は霙雨の知己らしい。だが、この者がいったい何者なのか、どうして例の噂を知っているのか、悔しいが夜古には皆目見当もつかなかった。

霙雨と同じ……いや、それ以上の力を持つ神だということだけはわかる。この近隣に、霙雨以上の力を持つ神はいない。どこから来たのか。

「も、もしやお前。いや、あなた様は」

一つの可能性を思いつき、信じられない気持ちで目の前の男神を見た。師走の、人も神も妖も多忙を極めるこの時分に、ふらりとやってくる神といったら、思い当たることは他にない。

「お、お前は……」

「歳神様……」

　こんなに若い歳神など、見たことがない。これまでに会った年の瀬の来訪神は皆、老人の姿をしていた。往々にして神も人と同じく、年を重ねれば重ねただけの風貌になるものだ。他の歳神よりも若いのか、それとも老いているが若作りなのか。どちらにせよ、例年とはまるで違った歳神だというのは確かだった。

「やっとわかったのか。鈍いな。ところで璽雨はどこにいる？　俺は璽雨に会うために、最不ノ杜くんだりまで来たんだ」

　横柄な態度に、夜古はまたもやムッとした。くんだりで悪かったな、と小さな声で言い返す。歳神はそんな夜古をじろっと睨《にら》み、顎《あご》をしゃくった。

「さっさと璽雨の住まいに案内してくれよ。あ、このスーツケースもちゃんと運んでな。ヴィトンの限定物だから、傷つけないように」

「なんで俺が」

「ここの本殿の神なんだろ。主《あるじ》が客神《きゃくじん》を部屋に案内するのは基本じゃないか。あーあ、まったく、ここの稲荷神は使えないなあ」

「な、な……」

　屈辱に、耳と尻尾が震えた。ことさら敬意を払ってほしいわけではないが、初対面の神からこんなふうに扱われるのは腹が立つ。使えない、という言葉が心に深く突き刺さるのが、余計に悔しかった。

（いかん。ここで感情のままに振る舞っては、余計に馬鹿にされる）

手にした箒で相手を追い払いたくなるのを堪《こら》え、心の中で数を数えて気持ちを落ち着かせる。

自分は、この立派な本殿に祀られる稲荷神なのだ。これしきのことでぷりぷり怒っては神社の格式が疑われる。

「霻雨は仕事で留守にしております。それから、この時期のお客様は毎年、本殿の客間にお泊まりいただいているのです。今年の歳神様にもぜひ、こちらでおくつろぎいただきたい」

「やだね」

即答され、わーっと叫びたくなった。今年の歳神は、なんという無礼な神か。

どうしてくれようかと相手を睨みつけた時、鼻先にふわりと甘い水の匂いが香る。続いて目の前に、音もなく霻雨が現れた。

「霻雨！」

図らずも、歳神と夜古は同時に叫んでいた。夜古の方を向いて現れた霻雨だったが、背後の歳神の声を聞いてはっと向き直る。それから驚いた声を上げた。

「周欧《しゅうおう》！」

というのが、この歳神の名前らしい。呼ばれた当人は、艶《あで》やかで愛想のいい笑みを満面に浮かべた。夜古に対する態度と、だいぶん違う。

「霻雨、会いたかったぞ」

言うなり、周欧はガバッと霻雨の首に抱きついた。二人の体格は同じくらいだが、ぐいぐいと力いっぱい押されるせいか、霻雨は相手を支えて抱きかかえるような格好になった。

「ただならぬ気配がしたので来てみれば。お前だったのか、周欧。いったいなんの用だ」

「ごあいさつだな。まあ、そういうつれないところがお前の魅力だよ。なんの用かって？お前に会いに来たに決まってるだろう」

年を改めに来たのではないのか、と突っ込むべきなのだろうが、今の夜古はそれどころではなかった。

周欧という男神の、この態度はなんだろう。意味深なセリフといい、とてもただの古い友人とは思えない。霻雨もベタベタされて迷惑そうな顔をするものの、まるでいつものことだとでもいうように、本気で振り払うことをしなかった。

そんな二人をじっとりと睨んでいると、霻雨が視線に気づき、慌てた様子で周欧を振り払った。

「久しぶりの逢瀬だっていうのに、そんなに邪険にしてくれるなよ。あんな別れ方をして、ずっとお前のことが気にかかっていたんだ」

「あー、夜古。誤解しないでくれ。この男はただの知り合いだ。昔、ちょっと……ほんのちょっと、会話を交わしたことがあるだけだ。それだけだ」

珍しく焦って、霾雨がまくし立てる。さすがにそれは無理があるだろう、と夜古は思った。周欧も「見え透いた嘘をつくな」と断じた。

「あれは何百年前のことだったかなあ、霾雨。年を改めにこの地を訪れた俺を、岩の祠に招いてくれただろう。酒だの食べ物だのを出して、もてなしてくれているのかと思いきや、お前は大晦日の晩に俺を……」

「周欧っ！」

滅多に聞かない大声で叫ぶなり、霾雨はがばっと周欧に襲いかかり、そのお喋りな口を両手で覆った。霾雨は焦っているが、周欧はやけに嬉しそうだ。

誤解するなと言うが、実際に二人の間には何かがあったのに違いない。今の伴侶には大っぴらに告げられないような、いかがわしいことが。

夜古と恋仲になって更生したが、それまでは方々で浮名を流していた男神だ。歳神と関

係を持っていたとしても不思議ではない。

自分の存在など完全に忘れ去られた気がして、夜古は当てつけのように、彼らの周りをざっざっ、と箒で掃き回った。気づいた霎雨が、我に返って周欧の口から手を離す。

「あ、あのな夜古」

「……仲が良さそうだの」

「違うんだ、これは」

「違わないさ。なあ霎雨。俺はお前に会いたくて、わざわざ別の歳神と赴任先を交替してもらったんだぜ。風の噂で、お前がぽっと出の妖と契りを交わして真面目になったって聞いたもんでな。なんの冗談かと思ったが」

「冗談ではない。俺は夜古の伴侶となったのだ。それから、夜古はぽっと出の妖などではない。うちの立派な稲荷神だ。人や鳥獣にも慕われている。俺は彼のそんな姿を見て、心を入れ替えたのだ」

きっぱりとした霎雨の言葉が嬉しかった。でも、稲荷神としてはまだ、霎雨が言ってくれるほど立派ではなくて、申し訳なさに胸がちくりとする。

そんな夜古の胸の内の躊躇《ためら》いを見透かすように、周欧はこちらを一瞥《いちべつ》し、「ふふん」と鼻先で笑った。

「真面目結構。不倫設定、いいね。誰かのものを寝取るってのは燃えるからな。お前もそうだっただろう？　以前も確かお前には、いい仲の妖がいて……」

「うるさい。それ以上言うなっ」

これほど取り乱す璽雨など、見たことがなかった。わいのわいのと騒ぐ二人の神に、夜古はしらっとした気持ちになる。

「本当に仲がいいんだな」

つぶやくと、璽雨がびくっと肩を震わせた。

「お、おい夜古。昔の話だぞ」

「昔も今も、性根ってのはそう変わらないものさ」

「また余計なことを。あっ、おい夜古。待て。待ってくれ」

「勝手にやってろ。俺は忙しい」

夜古はくるりと踵《きびす》を返すと、本殿に戻った。忙しい忙しい、と口にする。

夜古を馬鹿にして、璽雨にベタベタする歳神に腹が立った。過去を暴露されてうろたえる璽雨にも。

だが何より腹立たしいのは、自分自身のことだ。

ベタベタされるのが嫌ならば、二人の間に割って入ればいい。堂々と、璽雨は俺のものだと言えばいいのに。

けれど夜古は、霎雨に「立派」と言ってもらえるような稲荷神ではない。歳神の方が大人だし、見目も良く力も強い。

自分よりも歳神と並んでいる方がずっとお似合いだと、やさぐれた気持ちで霎雨を思った。思ってさらに、落ち込んだ。


「あらじゃあ。今年の歳神様っていうのは水神様のところにいらっしゃるの?」

今夜の味噌《みそ》汁には、大根と人参、それに油揚げがたっぷり入っている。

「そうなんです。歳神様は毎年、夜古様の本殿にお泊まりになるんですが、今年の歳神様は霎雨様の知り合いということで」

夜古は味噌汁を無心に飲むふりをして、翠の声を聞いていた。

ではあの周欧という歳神は、あれから霎雨の岩の祠に招かれたのだ。周欧は、最初から霎雨の住まいに泊まりたがっていた。迷惑そうにしながら、霎雨も受け入れたのか。

(俺が子供っぽい振る舞いをしたから、霎雨は呆れただろうか)

ヘソを曲げて彼らと別れたことを、夜古はすぐに後悔した。あれからそっと境内に戻ったけれど、もう二人の姿はなく、といって岩の祠を訪ねる勇気もなくて、ずっとぐるぐるしていたのだ。

「ああ、もうそんな時期か。ついこの間、歳神様をお迎えしたばかりなのに。年のせいか、時間が経つのが早くなるなあ」

「宮司さんはまだ、お若いじゃないですか。清太郎君みたいな大きな息子さんがいらっしゃるなんて、信じられませんよ」

紀一郎がぼやくのに、翠が隣から如才なく返す。大真面目な顔で言うから、紀一郎は「いやいや」と、ちょっと照れたように頭を掻《か》いた。

「あ、このお味噌汁、出汁《だし》が効いていて美味しいですね。今まで飲んだ味噌汁で、美和子さんの味噌汁が一番美味しい。俺も美和子さんみたいな、美人で料理上手のお嫁さんをもらいたいな」

美和子は「やあねえ、この人は」と頬を染める。

「痒《かゆ》い。寒い。どこのホストですか。っていうか翠さん、なんで普通にうちで夕食食べてるんです」

清太郎がむず痒そうに顔をしかめながら言う。夜古にもなんだかよくわからない。今日も夕飯の時間、いつものように守田家に行ったら、すでに翠が食卓についていて、「夜古様こんばんはー」と気軽な調子で手を振ってきたのだ。

翠はこれまで、人間嫌いの霊雨と同じく、滅多に人前に姿を現すことはなかった。しかし霊雨が夜古に倣って人々と交流を始めてからは、自らも率先してご近所の住人たちに社交の輪を広げるようになっている。

軽薄そうに見える翠は、美和子や社務所の女性職員たちに言わせれば「明るく感じのいい美青年」なのだそうだ。

「細かいことはいいじゃないの。イケメンがいた方が家も明るくなるし。翠さん、いつもお肌が綺麗ねえ。これで私より年上なんて信じられない」

「はは、俺は妖ですから」

「いいわねえ」

女性はいつの時代も美形に弱い。美和子は娘のように頬を染めてうっとりしていたが、ふと思いついた様子で夜古を見た。

「でも、歳神様が水神様のところに泊まるのなら、夜古様は寂しいわね」

「えっ」

自分の内心を言い当てられ、夜古は思わずぎくりとした。美和子は霊雨と夜古が恋仲だとは知らないはずだ。どうしてわかったのだろう。

しかし美和子が言ったのは、夜古の思いとは少し違ったものだった。

「大晦日の夜は毎年、歳神様と本殿でお寺の除夜の鐘を聞くって仰《おっしゃ》ってたでしょう。今年は一人になっちゃうわ。うちに泊まったらどうかしら？　夜通しバタバタして落ち着かないけど。うちのお稲荷様が一人でお正月を迎えるなんて、こっちも心配だし」

「え、いや、俺は」

本当は、今年は霎雨を誘って歳神と、三人で過ごそうと思っていた。去年までは嫌われていると思っていて、互いに住まいを行き来することはなかったけれど、今年は恋が実って初めての年越しだった。

だが歳神があの調子では、三人で過ごすことなどできないだろう。

「ああ、今年の年末年始、霎雨様は夜古様と過ごすつもりですよ。ほら、今年の歳神様は一度、この土地にいらっしゃってますから、他にご友人もおりますし。その方たちと過ごすんじゃないですかね。……って、さっき霎雨様が仰ってました」

レンコンのはさみ揚げを齧っていた翠が、急いた口調で言った。

「そうか。霎雨が言っていたのか」

霎雨に嫌われたわけではないのだ。夜古はほっとした。気持ちがふっと浮上する。我ながら現金だと思うが、それでも霙雨と年末年始を過ごせるのを楽しみにしていたのだ。嬉しい。

食欲が湧《わ》いてきて、ご飯もおかわりした。夕飯を食べ終えて、暇《いとま》を告げる翠と一緒に守田家を出る。

「あの、なあ翠。ありがとう」

凍《い》てつく闇夜《やみよ》の中で、「ではまた」と、気軽に手を振って飛び立とうとする翠に、夜古は慌てて声をかけた。翠は驚いたように振り返る。

「どうしたんです」

「だって、霙雨と歳神様のことを知らせるために、来てくれたんだろう。あと、霙雨が年越しを一緒にしたがってるっていうのも」

翠は以前にも何度か、人の姿でいるところを美和子や紀一郎に誘われて、ごはんを食べに来たことはあった。

けれど今夜はどうやら、自分からお相伴させてくださいと現れたらしい。こんなことは初めてだ。ごはんを食べながら、どうしてだろうと考えて、もしかしたらと思いついた。

「霙雨様に言われたんですよ。本来なら、弁解は自分ですべきですがね。歳神様に捕まって逃げられなかったので、私が命じられました」

「そうか。璽雨が。……ありがとう」

夜古を気にかけていてくれたのだ。モジモジしながら礼を言うと、翠はくすっと笑った。

「明日は、璽雨様に話しかけてあげてください。夜古様にそっぽを向かれて落ち込んでましたよ」

「えっ」

本当かと問い質《ただ》すより早く、翠は「おやすみなさい」と烏の姿になって飛び立っていった。濃藍《こいあい》色の夜空に、黒い翼はすぐに紛れて見えなくなった。

（璽雨も、落ち込んだりするのか）

それも夜古のために。うんと長く生きて、色恋に慣れているというのに。

（わざわざ翠に、弁解まで頼んで）

夜の空気は冷たいけれど、身体の芯《しん》がほっこりと暖かい。

明日、璽雨に会いに行こうと夜古は思った。


境内から杜に続く小道は、それほど長くはない。にもかかわらず、今日は璽雨の祠までの道のりが、ずいぶんと遠く感じられた。

（一言、謝るだけだ）

昨日はあんな態度を取って悪かった。それを伝えるために、朝ごはんを食べるとすぐ出かけたのだが、いざ向かうと、あれこれと余計なことを考えて足が竦んでしまう。

昨日から歳神が、霎雨の祠に泊まっている。二人でどんなふうに過ごしたのか。嫌な妄想が膨らんできて、祠に向かう足取りはどんどんと重くなっていった。

それでも大した距離ではないから、歩くうちすぐに着いてしまう。

澄んだ池のほとりは静まり返っている。周囲に動物たちの気配はなく、遠くの方で微かに小鳥の声が聞こえるだけだった。

「霎雨。いるか」

祠に向かって、こそっと小声で声をかけた。できれば歳神とは顔を合わせず、霎雨とだけ話したいのだが。

「霎雨、俺だ。夜古だ」

根気よく何度か声をかけると、やがて重い岩戸が音もなく開いた。中からゆらりと影のように霎雨が姿を現す。

「……夜、古」

呻くように発せられた声は、ガサガサと掠れていた。銀色の長い髪が前面を覆い、顔が見えない。ただならぬ様子に夜古は青ざめた。

「璽雨、どうしたのだ」

慌てて駆け寄る夜古へ、璽雨もよろめきながら近づいた。至近距離まで来て、夜古は「うっ」と思わず顔をしかめる。

「酒臭いっ」

当てられただけで酔いそうなほどの酒気が、璽雨から漂ってくる。蟒蛇《うわばみ》だの枠だのと言われる酒豪のはずなのに、どれだけ飲んだらこんなふうになるのだろう。

「すまん。夜通し飲んでいて……」

少し話しただけで、うっと背中を丸めて気持ちが悪そうにする。背中をさすってやったが、「夜通し」という璽雨の言葉を耳にして、また胸の内に不穏なものが頭をもたげてきた。

「歳神様と飲んでいたのか」

岩の祠の中、二人きりで。低い声でつぶやくと、璽雨はぎくりと身を強張《こわば》らせた。

「さ、酒を飲んでいただけだぞ。あいつが土産《みやげ》だとか言って、しこたま酒を持ってきて……。一応、奴も歳神だからな。形だけでも接待しないと」

「ふうん」

霆雨の様子からして、色っぽいことはなかったとわかるが、それでも二人で夜通し仲良く酒盛りをしていたのだと聞けば、面白くはない。

「歳神様を接待するなら、俺も呼んでくれればよかったのに」

夜古はぼやいた。実際に呼ばれたら、あの歳神と膝《ひざ》を突き合わせて酒盛りなど気詰まりだっただろうが、拗《す》ねた気持ちと霆雨への甘えがあったからだ。

「俺だって、力は弱いがこの神社の神だ。歳神様をお迎えしたかった」

不貞腐れて言う夜古に、きっと霆雨は弱り切った声で「悪かった」と言ってくれるだろうと思っていた。だが予想に反して、

「ダメだ」

厳しい声が返ってきた。これには夜古もムッとする。

「どうしてダメなのだ」

「それは……」

「お前が色気のない子供だからさ」

言い淀《よど》む霆雨に代わり、祠の奥から声がした。岩戸が一瞬、霞《かす》んだようになり、するりと周欧の長軀《ちょうく》が現れた。

昨日は白いスーツを着ていたが、今日は黒っぽい絣《かすり》の着物をぞろりと着ている。胸元がはだけて艶《なま》めかしく、思わずどきりとした。

「子供を相手に酒を飲んだって、楽しくないだろう。だからお前を呼ばなかったのだ。お前がもう少し物のわかる大人だったらなあ。三人でしっぽり楽しめたんだが」

「周欧！　貴様、またふざけたことを」

璽雨が咎めるように鋭い声を出す。三人でしっぽり、という表現がよく呑み込めなかった。尻尾に関係があるのだろうか。

言葉の意味に首を傾げながらも、馬鹿にされていることはわかった。

つまり、夜古と一緒に飲んでも盛り上がらないと言いたいのだ。夜古が物知らずの子供だから。

「馬鹿にするな。お、俺にだって尻尾くらいあるっ」

昨日は周欧の迫力に圧《お》され、言われっぱなしだった。不貞腐れてそっぽを向き、そのことを後悔したのだ。

しかし、今日は無礼な歳神になど負けない。そう意を決し、言葉の意味もわからないまま、黄金色のたっぷりした尻尾をブンブンと雄々しく振ってみせた。

「は……？　尻尾……？」

だが周欧は呆気《あっけ》に取られた顔をし、続いてぷっと吹き出した。そのままひーひーと腹を抱えて笑い出す。

「な、何がおかしい」

救いを求めるように霎雨を振り返る。目が合って、相手の視線がすいっと不自然に逸れ、夜古の尻尾に落ちた。尻尾がもさっと揺れるのを見た途端、切羽詰まった顔で息を止めた。顔は真剣だが、肩が震えている。笑いを堪えているのだとわかり、かあっと顔が熱くなった。

「霎雨まで……」

周欧に馬鹿にされるより、霎雨に笑われる方がずっと恥ずかしい。そんな夜古を見て、霎雨は慌てた顔をした。

「夜古、違う。違うぞ。おかしいのではない。お前があんまり愛らしくてだな」

「ああ、可愛《かわい》いよなあ。色気など皆無だ。霎雨お前、本当にこんな子狐に手を出したのか?」

必死で弁明する霎雨を遮り、周欧が「犯罪だぞ」と冗談めかす。霎雨はそれに「周欧」と本気で怒った声を出したが、たまりかねた夜古はその場で踵を返した。

悔しい。こんなところで逃げたくない。でも悲しい。

「夜古、待て」

後ろから追いかけてきた霙雨が、すぐに追いついて夜古の腕を取った。

「俺は決して、お前を馬鹿にしたのではない」

「でも笑った」

恨めしく思って睨み上げたが、霙雨は真顔で首を振った。

「微笑ましかったからだ。お前のことを子供だなどとは思っていない」

「なら、俺を酒盛りに加えてくれてもよかったではないか」

「それは……」

弁解が欲しかったのに、霙雨はまたもや言い淀んで答えてくれなかった。夜古はきゅっと唇を噛《か》みしめる。

「霙雨の馬鹿。うすらハゲ」

「ハゲっ？」

幼稚な物言いに相手が絶句すると、夜古は腕を振り払って駆け出した。

「夜古、待てと言うのに」

後ろから霙雨の呼び止める声が聞こえたが、もちろん立ち止まったりしない。

ひたすら境内へ続く道を駆ける。霙雨もそれ以上、無理に夜古を追うことはなかった。

霙雨が本気で捕まえようと思ったら、夜古などすぐに追いついてしまうのに。

自分から逃げたのに、見限られたような気がして、さらに悲しくなった。


じゃこっ、じゃこっとボウルの底に泡立て器の当たる音がする。音とともに、バターと砂糖の甘い匂いが香った。

「クリスマスはキリスト様の生誕を祝うミサですが、各地の土着の原始信仰や習俗と結びついて、それぞれ異なる形になっているんです」

「ふむ」

清太郎はゆでたほうれん草を鍋《なべ》から引き上げながら、うんちくをたれている。夜古はその隣で砂糖とバターを混ぜ合わせていた。

料理をするので、二人して割烹着《かっぽうぎ》を着て、頭には三角巾を被《かぶ》っている。夜古は一応、尻尾にも三角巾を巻いていた。料理には清潔感が大切だ。

「妖精や魔女が活躍する行事もあるんです。時代や地域によっては異端として排斥されていたはずの存在なんですよ。興味深いですよね」

神社の禰宜のくせに、いろいろと西洋の信仰についてうんちくをたれるのは、清太郎が大学で西洋の宗教や習俗を研究していたせいだ。

今も仕事の合間に細々と研究を続けていて、彼の部屋の書棚には、漫画本とともに怪しげな魔術書などが並んでいる。今どきの神職者はリベラルでないといけません、と常日頃から彼は言っていた。夜古にはリベラルの意味がわからないが、とにかくちょっと変わった趣味を持つ禰宜なのだ。

「だからね、別に神社の息子がこうやって、クリスマスイブの日に家でご馳走を作ってお祝いしたって、なんら問題はないわけですよ」

「そうだな」

稲荷神の俺も参加してるしな、と夜古もうなずく。

昼間から、清太郎と夜古は二人で台所に立ち、ご馳走やお菓子を作っている。夜にクリスマスのお祝いをするためだ。辺りはしんと静まり返っていた。いつもなら、平日の昼には社務所に職員がいて、紀一郎や美和子も自宅と社務所を廊下で行き来している。

神社は年中無休だが、今日はクリスマスイブということで、休暇を取りたいという人が多かった。年末年始は忙しくなるから、その前にみんなで休もう、ということになり、美和子と紀一郎は夫婦水入らずで、一泊二泊の温泉デートに出かけている。清太郎がせっかくだからと、二人を送り出したのである。

そこで、清太郎と夜古は二人で、クリスマスイブの支度をすることにしたのだった。

ちなみに今、清太郎に彼女はいない。先月の初めくらいに近所の同年代の男たちと『合コン』という恋人を作る見合いのような集まりに参加していたのだが、上手くいかなかったようだ。はりきって出かけていったのに、陰鬱《いんうつ》な顔で帰ってきた。

近年、若者たちはクリスマスイブを恋人と過ごすことが多いようだ。しかし、清太郎はまだ一度も、イブに出かけたことがない。

過去には何度か、彼女がいた時期もある。そういう時はやたらと浮かれていて、『夜古様、やっぱり女子はいいですよ。夜古様も彼女を作りましょうよ』などとしたり顔で言ったりするのだが、しかし、長く続いたためしはなかった。しばらくすると、決まってフラれてしまうのである。

清太郎は金にうるさいが、心根の優しい男だ。顔だって、男にしては少々線が細いかもしれないが、決して悪くはない。頭もいい。どうしてフラれるのか、夜古にもわからない。

(まあ、俺にわかるはずもないか)

自分の色恋もままならない身で、人の恋心などわかろうはずがない。璽雨のことを思い出し、夜古は小さくため息をついた。

昨日は霾雨に謝りに行ったはずなのに、また揉めてしまった。あれきり、霾雨に会っていない。また周欧のいる祠に行く勇気がなかったし、霾雨も本殿に顔を出したりはしなかった。昨日一日、彼らがどう過ごしているのかわからない。そのことがいっそう、夜古の気を重くさせている。

気持ちが打ち沈んだまま修業をする気になれず、霾雨から出された宿題もさぼりっぱなしだった。

「夜古様、バターと砂糖はそれくらいでいいですよ。あと、卵を混ぜてください」

「うむ。その後は小麦粉と、なんたらパンダをふるうのだったな」

「ベーキングパウダーですね」

清太郎がクリスマスイブのご馳走を作る間に、夜古は型抜きクッキーを作っている。自分たちでも食べるが、紀一郎や美和子、それに神社の職員へのクリスマスプレゼントにするのだ。お正月のお年玉のように、クリスマスにも家族や親しい相手に贈り物をする習慣があるのだそうだ。

それを聞いて、夜古も霾雨にクッキーを渡したいと思った。けれどまた、周欧にからかわれるのが嫌だ。

年を改めてくれる大切な歳神なのに、とても敬う気持ちになれない。出会った最初から、周欧は夜古に意地悪だった。わざと夜古の劣等感を刺激することを言う。

（周欧は、霎雨が好きなのだろうか）

だから霎雨と恋仲の夜古が憎くて、からかったり意地悪を言ったりするのだろうか。

派手で苦手だけれど、周欧は見目麗しい大人の神だ。色事の経験も豊富で、本気を出されたら夜古に勝ち目などない。

霎雨を取られたくない。けれども声高に、自分は霎雨と恋仲なのだと言い張る自信がない。

「大人の色気というのは、どうすれば身につくのかのう」

独り言のようにぼやくと、がたんと音がして、流しに鍋を運んでいた清太郎が、「あっ」と声を上げた。

「夜古様が変なこと言うから、鍋を落としそうになったじゃないですか」

「変なことではない。重要なことなのだ」

不貞腐れて言うと、清太郎は「夜古様、色気を身につけたいんですか」とデリカシーのない質問をしてくる。

「霎雨様のために？」

「う、うるさい。いちいち言うな。それより清太郎。お前は男女の寄合に何度も通っているのだ。どうすれば身につくのかわかるだろう」

「合コンのことですか？　大人の色気ねえ。それがわかってたら俺、今日はここにいませんよ」

なるほど、その通りである。しかし、夜古は不用意な発言だったと後悔した。そう、清太郎はまた合コンが上手くいかず、傷心の身なのだ。

「まあ、そう気を落とさずに。お前はまだまだ若いのだから、今のうちに独り身を楽しむのがよかろう」

「なんか微妙な慰め方ですね」

「なんだと」

「別に、そんなに落ち込んでませんよ。失恋したわけでもないですし。ただクリスマスに彼女がいたらいいだろうな、って軽い気持ちで参加したんです」

ところが、代々続く神社の長男で、年末年始は家族総出で忙しい、というような話をした辺りから、女性たちの反応が鈍くなったのだと言う。

「なんだ、神社の長男で何が悪いのだ」

夜古は顔も知らぬ娘たちに憤慨した。神社の神職は、夜古たち神様と人とを繋《つな》ぐ大切な職業だ。確かに仕事は忙しいかもしれないが、なくてはならない存在なのに。

それに清太郎自身のことが気に入らないのは仕方がないが、生まれや家の職業はどうしようもない。

小麦粉をふるいながら怒る夜古に、しかし清太郎は小さく笑った。

「面倒臭そうに思えたんでしょう。俺は正月が忙しいから、初詣《はつもうで》デートも行けませんしね」

「初詣くらい、行ってくればいい。正月は俺がお前の代わりに社務所で働いてやる。授与所にはこれまでにも何度か、人手が足りない時に入ったことがあるからな。祈禱は代々、お前たちの所作を見てきたのだから、詳しいぞ」

「神様が自分に祈禱してどうするんですか。いいんですよ。俺は自分の仕事が好きだし、誇りに思ってます。だから、付き合う女性は俺の仕事に理解のある人であってほしいんです。それに俺、ゆくゆくは結婚して子供が欲しいから。結婚を前提にするならなおさら、価値観の合う女性でないと」

「そうなのか」

清太郎が結婚を考えていることに、びっくりした。しかし考えてみれば彼ももう、二十三歳だ。そろそろ、そういう話も出てくる頃だろう。

「清太郎ももう、そんな年なのだなあ」

「お祖父さんみたいなこと言わないでくださいよ。それを言うなら、夜古様が色気を気にするようになったことの方が、驚きですね」

「ふん。俺はお前よりずっと前から大人なのだ」

清太郎から、子供のように言われるのは癪《しゃく》に障る。胸を反らして言い返したが、「はいはい」とあしらうように言われてしまった。

「けど今さら、夜古様に大人の色気なんて必要ないんじゃないですか。璽雨様は今の夜古様を好きになったんでしょうに」

「……それは、そうだが」

でも、本当にこのままでいいのだろうか。神としての力も弱いまま、璽雨の期待にも応えられていない。

夜眠る時、宝玉のある腹を撫でてみる。寝ている間に大きくならないかなと思うのだけど、朝起きても何も変わっておらず、悲しくなった。

(俺はずっとこのままなのだ)

神の力は一朝一夕には変わらない。ゆっくりゆっくり、神でさえ気が遠くなるほどの歳月をかけて変化する。璽雨の背中を追いかけても、自分と璽雨の間にあるあまりにも大きな隔たりに怯《ひる》んでしまう。

ずっと弱いままでは、霙雨はいつか心変わりしてしまうのではないか。いやすでに、夜古に飽きてしまっているのかもしれない。

(霙雨は、そんな不誠実な男ではない)

湧き上がる疑念を、夜古は必死で打ち消すが、そのそばからもう一人の自分が、ではどうして彼は自分に触れないのか、と問いかける。そして、その問いに対する答えは見つからない。

「色気がどうこうより、そのクッキーを霙雨様に持っていってあげたらどうですか。夜古様の手作りなんて、食べたことないでしょう」

男は恋人の手作りに弱いんですよ、と清太郎はしたり顔で言う。

「そんなものか」

「そうですよ。俺に女心はわかりませんが、同じ男の気持ちはわかります」

「自慢にならんの」

呆れたが、自分を励ましてくれているのはわかった。清太郎はいい男だ。そのうち、きっと気立てのいい娘が見つかるだろう。

「よし、ではとびきり美味いクッキーを作ってやる」

プレゼント用に、可愛らしい袋がたくさん用意してある。サクサクのクッキーを包んで、霾雨にあげよう。癪だし嫌いだが、歳神にもちょっとだけくれてやってもいい。

ほんの少し、もう少しだけ勇気を出そう。ふわふわと甘い匂いのするクッキー種をまとめながら、夜古は思った。

三

「うう、さぶいさぶい。雪が降りそうだの」

朝の遅い時間だというのに、外の空気は凍えるように冷たく、空はどんより曇っている。それでも夜古の心の内は暖かかった。

たっぷり眠ってお腹も満たされて、身体《からだ》中に元気がみなぎるようだ。

昨日は清太郎と二人、居間のこたつでぬくぬくしながらご馳走《ちそう》を食べた。シュワシュワと弾《はじ》ける洋酒を飲み、夜遅くまでテレビを見て。交替で風呂《ふろ》に入り、夜は清太郎の部屋で布団を並べて眠った。

守田家に泊まったのは、清太郎が小学校の時以来だ。

『子供の頃みたいで楽しいですね』

と、清太郎も嬉《うれ》しそうだった。誰《だれ》もいない家で一人、クリスマスイブを過ごすのは、彼も寂しかったとみえる。

布団にもぐりながら漫画本をめくったり、さっき見たテレビの話をしながら、いつの間にか二人で眠ってしまった。

朝起きて、ご馳走の残りを食べて解散になった。昼には紀一郎たちも帰ってくるだろう。夜古は雀《すずめ》たちに米を撒《ま》き、ざっと境内の掃除をすると、昨日作ったクッキーの袋を懐に入れた。霙雨に、クリスマスのプレゼントを渡そうと思ったのだ。

(俺が作ったと言ったら、霙雨はどんな顔をするだろう。喜んでくれるだろうか)

男は手作りに弱いんですよ、という清太郎の言葉を思い出して、心が弾んだ。今なら、ずっと聞きたくて聞けなかった問いを口に出せる気がする。

霙雨は自分をどう思っているのだろう。どうして以前のように触れてくれないのだろう。

「あいつが留守ならいいのだがな」

手水舎《ちょうずや》の水鏡を覗《のぞ》き込み、髪と耳の毛を整えながらつぶやく。周欧がいるとまた、ややこしくなる。どうにか霙雨と二人きりで話せないかと思案した。

「誰が留守だといいんだ？」

不意に、背後でそんな声がした。低く、不穏な声だった。

慌てて振り返った鼻先に、甘い水の匂《にお》いが香る。いつの間にか、霙雨がいた。

「霙雨」

会いたかった。駆け寄ろうとして、霙雨が怖い顔をしているのに気がついた。いつになく不機嫌そうだ。

「霙雨？」

首を傾《かし》げると、霙雨はますます不機嫌そうに、眉間《みけん》に皺《しわ》を寄せた。

「夜古。最近、忙しくて見てやれなかったが、結界を張る修業は上手くいっているのか」

「え、修業」

朝からいきなり、どうしてそんなことを話題にするのだろう。だがそんな疑問より、霙雨の機嫌が悪いことが気がかりだった。

こんなに不愛想な霙雨は、恋仲になって以来、ついぞ見たことがない。仕事で疲れている時だって、夜古には優しくしてくれたのに。

「あの……あんまり」

実はこのところサボッていたから、ボソボソと小さな声になった。

いけないいと思いつつ、何度やっても上達しない修業に嫌気がさして、最近は結界を張る練習台の漫画本を、ただじっと睨《にら》んで終わるだけになっていた。

だが夜古の答えに、霙雨は「ふん」と鼻を鳴らす。

「修業をサボって、今日は朝帰りか」

「なんだと」

どうしてそんな物言いをするのか。さすがにムッとした。

「俺は清太郎と一緒に、イブというやつをしただけだ。ずっと引きこもりだったお前は知らないだろうが、最近は西洋式の祭りが流行《はや》っているのだ」

「クリスマスイブくらい、俺も知ってる」

むっつりと言うなり、霪雨は夜古の前に立った。懐に手を入れて何かを取り出すと、ぐいっと夜古の胸元に押しつける。慌てて夜古が手を出すと、その手のひらに冷たく固いものが落ちた。

「え……？」

手の中のものを見て、目を瞠《みは》った。そこにあるのは、大きな琥珀《こはく》石だった。鮮やかな濃い色に涙の形をして、首にかけられるように金の鎖がつけられている。

「霪雨、これは」

「お前にやる」

ぶっきらぼうに言い放ち、霪雨はくるりと踵《きびす》を返した。

「これからまた祝山に行かねばならん。今日は遅くなる」

呼び止める間もあればこそ、現れた時と同じく唐突に、霪雨は姿を消していた。

「どうして」

唐突で素っ気なくて、わけがわからなかった。不機嫌で嫌味を言うくせに、夜古に琥珀石をくれる。いったい霾雨は、何を考えているのだろう。

「おいおい、本当にそれがなんだかわからないのか？」

後ろからまた唐突に声が聞こえて、夜古はげんなりした。この嫌味っぽい声は、振り返らなくともわかる。

「鈍いなあ。霾雨も可哀想《かわいそう》に」

無視しようとしたが、声は途中で途切れ、今度は夜古の目の前に鉄錆《てつさび》色の髪をした男神が現れた。

今日は今どきの洋装をしている。上着とジーンズというくだけた格好だが、テレビに出てくる役者のように都会風で洒落《しゃれ》ていた。なかなかの伊達《だて》男だが、しかしやっぱり、香水がきつい。

夜古が睨むと、周欧は面白そうにこちらを眺めた。

「昨日は西洋式の祭りの日だっただろう。お前は祭りが好きだからと、霾雨はあれこれ人間のやる風習を調べていたらしいな。昨日は、恋人と二人で過ごす日だったんだろう？」

「え……」

手のひらの琥珀石を見る。大きくて混じりけのない、とろりと濃い飴《あめ》色をしている。きっと、とびきり上等なものなのだろう。

璽雨がくれたこれは、クリスマスのプレゼントだったのだ。しかも彼は人間の行事に倣って、二人で特別な夜を過ごそうとしてくれていた。

胸の中に喜びがいっぱいに溢《あふ》れて、ぎゅっと石を握りしめた。

(嬉しい、嬉しい)

璽雨も夜古を気にかけていてくれた。呆《あき》れたり嫌いになったりなどしていなかったのだ。

「石一つで単純だな。そんな石ころくらい、璽雨なら手に入れるのは雑作もないぞ。昔もあいつは、そういう首飾りやら髪飾りやらを気に入った妖《あやかし》や神にやっていたな。贈り物はたらしの常套《じょうとう》手段だ」

にまにまと途端に上機嫌になる夜古に、しかし周欧がまた余計なことを言う。過去に璽雨が目をかけた者たちを思い、胸がちくりとした。だがここで落ち込んでは、周欧の思うつぼだ。

「昔はどうか知らん。今の璽雨は俺と恋仲なのだ。きっと考えた末にこれを俺にくれたのだろう」

夜古がクッキーを焼きながら、璽雨のことを考えたように。

「ほう、なかなかの余裕だな。だがあいつは根っからの遊び人だぞ。お前にいい顔をしながら、他の奴にもちょっかいをかけているかもな」

夜古が言い返すとは思わなかったのか、周欧は面白そうに、じろじろとこちらを眺め回しながら言った。どうしても、二人の仲を引っ掻《か》き回したいらしい。腹が立った。

「霙雨が好きなら、もっと正々堂々と思いを告げたらどうだ」

本当は正面から勝負されたら困る。それに歳神《としがみ》は力のある、夜古よりずっと目上の神だ。こんな言い方は機嫌を損ねるかもしれない。だがこちらもいい加減、堪忍袋の緒が切れそうなのだ。

「好き？」

しかし周欧は、思いもよらないことを言われた、というように目を見開いた。それからくっとおかしそうに笑い出す。

「好き……俺が霙雨を。思いを告げるだと？」

「何がおかしい。霙雨が好きだから、俺に意地悪ばかりするんだろう」

周欧はなおいっそう、大きく笑った。

「なるほど。俺が霙雨に懸想をして、邪魔なお前に意地悪をしていると思ったんだな」

ひーひーと涙まで流して笑う。あげく、「お前は存外に面白い奴だなあ」とまで言われた。

「違うというのか」

　ではなぜ、霪雨に迫ったり、夜古に嫌味を言うのだろう。

「違う違う。ああ、その通りだと言った方が、ここは楽しめるのかな」

「どっちだ」

「いやなあ。俺は歳神にしては若い方だが、それでも霪雨よりずっと長く生きてる」

　いきなりなんの話だ、と思う。夜古が「若作りなのだな」と言うと、周欧はまた大口を開けて笑った。

「住所不定だから決まった恋人もなかなかできないし、仕事は年末年始にちょこっと働くだけ。やり甲斐《がい》がない。退屈でなあ。いつも何か面白いことはないか、この退屈の虫を紛らわすものを探している。俺が今回ここに来たのも、霪雨の面白い噂《うわさ》を聞いたからだ」

　神々や妖を片っ端からたぶらかす、漁色家だと評判だった最不ノ杜の龍神《りゅうじん》が、改心して土地を守る仕事に精を出しているという。

　昔から、霪雨の神としての力と、色好みは有名だった。あげく、隣の祝山の女神と修羅場になり、相打ちで死にかけたとか。それきりすっかり、霪雨の噂は出回らなくなった。

　最不ノ杜の周囲一帯を潤す大きな宝玉の存在は感じられたから、死んではいないのだろうと神々は話し合っていたそうだが、彼に弄《もてあそ》ばれたという、神や妖の話は聞かない。きっと動けないほど女神に痛めつけられたのだろうとみんな笑っていた。

ところが最近になってまた、霽雨があちこちに出没するようになった。しかも色好みはなりをひそめ、眷属《けんぞく》を従えて土地を守る土地神として活動を始めた。

なんでも、うんと年の離れた幼い稲荷《いなり》神と恋仲になったのだとか。

「俺は幼くない」

「その稲荷神、記憶をなくして迷子になっているところを、最不ノ杜神社の宮司に拾われ、人間と暮らすことになったという話だ。人間や動物とは仲がいいが、神や妖とはあまり交わろうとしない。きな臭い奴だと」

夜古の言葉を無視して周欧は続ける。きな臭い、などと自分が言われているとは思わなかった。目覚めた時は確かに右も左もわからなかった。

身体の中の大きな宝玉が自分のものではないことだけには気づいていて、記憶をなくす前の自分はいったい何をしでかしたのだろうと、怯《おび》えていた。

周囲の神や妖の中は、何か事情を知る者がいるかもしれない。彼らから自分の罪を突きつけられるのが怖かった。

臆病《おくびょう》に逃げ回った結果、怪しい奴だと思われたらしい。

「これは面白そうだと思ったな。なんにせよ、あの霽雨がたった一人に相手を決めたというのが面白い。それでがぜん、興味が湧《わ》いたんだ。これは弄《いじ》ったら楽しそうだってな。だがなあ、璽雨があんな調子だ。ちっとも面白くない」

退屈だから、夜古に嫌味を言ったり、璽雨にベタベタしていたというのだ。怒るより呆れたが、周欧の言葉が気になった。

「璽雨の調子というのは、どういうことだ」

どこかおかしいのだろうか。仕事熱心ではあるが、そのことを特に変だとは思わなかった。夜古が尋ねると、周欧はたちまち意地の悪い笑顔になる。

「あれっ、お前は気づかないのか？　へえ。恋人なのに」

「わからないから尋ねておる」

「偉そうだなー。物を尋ねる態度か、それ」

明らかに焦《じ》らして面白がっているふうな周欧に、夜古は奥歯をギリギリ嚙《か》みしめた。

「璽雨がどうしたのか。お、教えてください」

「えー、どうしようかなあ」

チラチラと横目で夜古の反応を見ながら、「タダで教えるのもなあ」などとつぶやく。腹が立つが、他ならぬ璽雨のことだ。このまま捨て置けない。

夜古は思案の末、袂《たもと》からがま口の財布を取り出した。

中には、夜古が神社の内職で貯めたバイト代が入っている。これに入れて無駄遣いしないようにと、清太郎がお古の財布をくれたのだった。

「俺の虎《とら》の子だ。これをやるから、教えてくれ」

周欧は黙って受け取り、がま口を開いて中を見た。数秒の間じっと中を見つめ、疲れたようにため息をつく。口を閉めるとそっと夜古に返した。

「いらん」

「なぜだ。大金だぞ。これでなんでも欲しいものが買えるんだぞ」

一生懸命、お守りを作って貯めた金なのだ。

清太郎から、『お金は大事です。使う時はよく考えるように』と口酸っぱく言われ、大好きな駄菓子を買うのも週に一回、一つだけと決めている。無駄遣いせず、いざという時に使おうと決めていた。

尻尾《しっぽ》を膨らませて訴えたのだが、憐《あわ》れむような目で見下ろされてしまった。

「いいから、しまっておけ。俺は……そうだな。その懐にある菓子をもらおうか」

夜古の懐を示す。中にあるのは、昨日作ったクッキーだ。

「これは……」

「霙雨にやろうと思ったんだろう？　甘い匂いがしているのに、あいつは全然気づかなかったな。それだけ怒ってたのか。もっとも、あいつは遊んでるわりに鈍いからな」

「これをあげたら、霆雨のことを教えてくれるのか」

「ああ」

夜古は渋々、懐に入れていたクッキーの袋を取り出して周欧に渡した。周欧はそれを受け取り、意外にも嬉しそうな顔をした。

「そうそう、これ。前に赴任したところで、お供えに型抜きクッキーが出たんだよ。近所の子供が作ったらしいんだが、素朴な味がしてな。もう一度食べたかったんだ」

勿体《もったい》ぶったことを言っていたが、単純にクッキーが食べたかったらしい。いそいそと拝殿の脇《わき》にあるベンチに移動する。

夜古は、周欧の分も持ってくればよかったと、内心で後悔した。袋に詰める時に迷ったのだが、直前になって、霆雨とベタベタイチャイチャしていたのを思い出したのだ。ケチ臭いことをしてしまった。

「おい狐《きつね》。お前も座れ」

はしゃいだように袋のリボンを解くと、ベンチの隣をポンポンと叩《たた》きながら夜古を呼ぶ。

「狐と呼ぶな。俺は稲荷神だ」

隣になんか座りたくないが、霆雨のことを聞かねばならない。ブツブツ言いながら周欧の隣に腰を下ろした。周欧はそんな夜古のつぶやきに、片眉《かたまゆ》を引き上げて怪訝《けげん》な顔をする。

「なんだ？　お前は自分の出自を恥じているのか。狐に生まれたのが恥ずかしいのか」

「別に、そういうわけではないが……」

思わず口ごもった。本当は、恥じているのかもしれないと思ったからだ。

黄金色の耳も尻尾も自慢だけれど、自分が生まれながらの神ではない、人より弱い狐だということを、あまり知られたくなかった。

じっとうつむいて考えていると、隣から「鬱陶《うっとう》しい奴だな」と言われた。

「ちょっと聞いただけなのに、グチグチ悩むなよ。鬱陶しい」

ひどい言われようだ。言い返そうと睨んだが、周欧は袋から取り出したクッキーを嬉しそうに矯《た》めつ眇《すが》めつしていた。

「全部ハート型か。泣かせるねえ」

余計なことを言いながら、口に放り込む。「美味《うま》い」という素直な言葉に、嬉しいようなそれでも腹が立つような、複雑な気分だった。

「もういいだろう。璽雨のことを教えてくれ。何かおかしいのか」

「んー？　ああ、璽雨ね。仕事仕事ってキリキリして、余裕がないだろう。ちっとも楽しくない」

「そんなことか」

ようやくもたらされた情報にほっと安堵《あんど》するとともに、焦らした結果がこれか、と腹が立った。

だが周欧は、「そんなこと?」と眉間に皺を寄せる。それからまたクッキーを一つ食べ、満足そうな顔になった。

「霙雨はこの土地の者が安寧に生きるために、努力をしているのだ」

「努力? 俺には焦っているようにしか見えないがな。年中ピリピリキリキリして。岩の祠《ほこら》に泊めてもらって、霙雨と寝食を共にしているが、ちっとも楽しくない。お前も嫌にならないか? あいつはお前に、無理な修業を強いているのだろう」

「無理ではない。強いられているのでもない。俺がやりたいと思ったから、霙雨に練習を見てもらっているのだ」

まるで努力が無駄だとでも言いたげな口調に憤慨したが、周欧はかったるそうに欠伸《あくび》を一つした。

「そんなに必死に修業をして、どうするんだ。お前の持つ宝玉は小さい。頑張ったって、たかが知れているだろうに」

「それは……」

神の宝玉は、生まれながらに大きさが決まっている。ゆっくり少しずつ大きくはなるが、成長の速度は気が遠くなるほど遅い。夜古がどんなに頑張ったとて、霾雨の力にはいつまでも届かない。

「俺に力がないのはわかっている。それでも、宝玉の持てる力を最大限に使う努力を……」

「おー素晴らしいねえ。無駄な努力すごい」

「なっ」

あまりの言葉に、言い返すこともできなかった。最近は確かにサボりがちだったが、それでも頑張っていた。それを無駄な努力とは。

何か言い返そうと思った。だがそれより早く、周欧は真顔になった。

「生まれながらに力の強いことが、そんなに偉いのか。力がなければ、神として存在している意味がないのか？」

問いを突きつけられ、夜古は答えに詰まった。頭の中ではわかっているのに、声に出てこない。

これと同じ会話を、前にどこかでしたことがある。少し考えて、清太郎と話したのだと思い出した。

生まれながらに持てる力が決まっていると夜古が話したら、神様って不公平なんですねと清太郎は言った。そんなことはない、とその時の夜古は、清太郎に諭したのだ。

力が弱くても、路傍に立つ道祖神は道を行きかう者を守っている。人家に住む竈《かまど》の神は家内の安寧を守る。それらは小さな力で、降りかかる厄災のすべてを防げるものではないけれど、それでも彼らは長い年月、静かに生きる者を守っているのだ。

強い力でなければならない、というのは、彼らのような存在を卑下することだ。

「違うとは言わないのか」

冷たい声がして、はっと顔を上げた。周欧はクッキーをぼりぼりと噛み砕きながら、じっと夜古を見つめていた。その目に先ほどはなかった蔑《さげす》みの色が見えて、怖くなる。

「つまらん。お前も璽雨も、つまらん奴らだな。期待外れだ」

その声にからかいの色はなく、本気で失望されているのだとわかった。最初から周欧に好かれていないし、夜古だって周欧が好きではないが、心から期待外れだと言われると、なんだかしゅんとしてしまう。

周欧は肩を落とす夜古を横目でちらりと見たが、興味を失ったのかすぐに視線を外し、立ち上がった。

「お前はともかく、璽雨はもう少し賢い奴だと思ったんだが。うんざりするほど馬鹿だ」

「璽雨は馬鹿じゃない」

「馬鹿だよ。目を開けているのに前を見てない。暗愚ってやつだな。お前のような半端で淫乱《いんらん》な妖に宝玉を奪われ、たらしこまれて、今は宝玉の欠片《かけら》までくれてやっている」

「それは……」

はっとして、周欧を見た。それは近隣の神々や妖の間で流れているという、夜古への中傷だ。周欧も知っていたのか。

違うと言いたかったが、噂を鵜呑《うの》みにしているのかと思うと、言葉が出てこなかった。しかし周欧は、そんな夜古を眺めて苛立《いらだ》たし気に鼻を鳴らす。

「なんだ。言いたいことがあるなら言ってみろ。お前の身の内にあるのが璽雨の欠片か、お前自身のものかくらい、近くで見ればすぐわかる。そんなこともわからないのは愚鈍な神か、宝玉を持たない妖だけだ」

周欧は噂を信じていないのだ。

「ついでに言えば、お前が璽雨をたらしこめるような玉ではないことだって、会えばすぐわかるだろう。今どき人間の小学生だってもう少し色恋に詳しいぞ」

幼稚園児並みだな、と最後に付け加えられたのは複雑だったが、噂を信じず、夜古をちゃんと見てくれていたのはありがたい。

意外にいい神なのかも……と思ったが、今までに言われたあれこれを考えると、素直に好意は向けられない。

「大体、噂が立ったくらいなんだというのだ。霙雨め、浮足立ちおって。そんなに出回っている噂を打ち消したいなら、お前を他の神々や妖に会わせればいいと言ったのだがな」

「え……」

驚きに目を瞠った。霙雨が、噂を知っていた。口止めをしていたのに、翠が言ったのだろうかと思ったが、よく考えれば霙雨は毎日のように方々へ出かけているのだ。猫や雀でさえ知っていた噂を、霙雨が知らないはずはない。

霙雨には言わないでくれ、と翠に懇願したあの時も、霙雨はすでに知っていたに違いない。夜古が霙雨に知られたくない理由も、翠は薄々わかっていたのかもしれない。

(俺は愚かだ)

正に暗愚だ。何も知らず、何も気づけない。

(霙雨はこんな俺を、どう思っているのだろう)

隣で周欧がため息をついたが、夜古には聞こえていなかった。

クリスマスの臨時休暇が終わると、最不ノ杜神社の社務所も年末に向け、人の出入りが多くなった。

朝、初詣《はつもうで》客のために増産したお守りを納品しに行くと、清太郎に驚いた顔をされた。

「もう全部できたんですか」

昨日、本殿にこもってひたすら内職に没頭していた。周欧から霻雨が噂を知っていたと聞かされ、どうしたらいいのかわからなくなったのだ。

霻雨はおかしな噂を流された夜古を、ふがいなく思ったのだろうか。だから夜古にもっと神様修業をして、力をつけるように言ったのかもしれない。

けれども周欧の言う通り、夜古の持つ力は決まっている。修業をしたところで、たかが知れているのだ。

霻雨の望む通りの神になりたい。でも、なれないのはわかっている。いったい、どうすればいいのだろう。

こもって内職を続けているうちに、霻雨に会いに行く勇気がなくなってしまい、気がつけば朝になっていた。

「夜古様、よれよれじゃないですか。もしかして、徹夜したんですか」

「う、うむ」

　清太郎は夜古の疲れた様子に目ざとく気づき、咎《とが》めるような視線を向けた。夜古がうなずくと、ダメですよ、と怖い声で言う。

「ちゃんと休む時は休まないと。今日は仕事はいいですから、帰って休んでください」

「でも、年末で忙しいだろう」

「それはなんとかします。それより、初詣は夜古様が主役なんですからね。元気で参拝客を迎えていただかないと」

　ほら、帰った帰った、と社務所を追い出されてしまった。とぼとぼと境内を横切る。

　確かに徹夜で疲れているが、本殿に戻ってからも眠れそうになかった。

（霆雨に、お礼を言いに行こう）

　彼も噂を知っていたと聞き、どんな顔をしていいのかわからない。だが、クリスマスプレゼントのお礼をまだ言っていなかった。

　もらった琥珀の首飾りは、あれから肌身離さず、首にかけている。

（嬉しかったと気持ちを伝えて。それからイブの夜のことも、謝らねば）

　小道を下りて池のほとりに着くと、岩の祠に向かって小さな声で霆雨を呼んだ。なんの応《こた》えもなく、仕事に行ってしまったのかと落胆する。

だが踵を返そうとした時、祠の岩戸が音もなく開いた。中から顔を出した霎雨は、酒臭くはなかったが、むっつりと不機嫌そうだった。無言のまま、夜古をじろりと見下ろす。

「霎雨。おはよう」

おずおずとあいさつをすると、霎雨は「ああ」と低い声で返しただけだった。それから苛立ったように、ガリガリと頭を掻く。「あの」と言いかけて、またじろりと睨まれ、竦《すく》み上がると、霎雨はさらにむすっと眉間に皺を寄せた。

「そんなに怯えなくてもいいだろう」

「別に、怯えてない」

言ったが、確かに霎雨の不興を買うのが怖かった。夜古の内心がわかっているのか、霎雨はつまらなそうに「ふん」と鼻を鳴らす。

「以前のお前はもっと、キャンキャン強気だった。最近は、俺の顔色を窺《うかが》うばかりだ」

「……」

腹の底がきゅうっと冷えた。昨日の「期待外れだ」という周欧の冷たい声を思い出す。

霎雨に飽きられたくなかった。嫌われたくなかった。しかしそうやって相手の顔色を見ておもねってばかりいたのが、霎雨には鬱陶しかったのだろうか。

もう、どうしたらいいのかわからない。ぎゅっと着物の袖を握る。泣き出しそうになるのを堪《こら》えるのに必死だった。

そんな夜古に、璽雨はいっそう苛立ったらしい。眉間の皺をますます深くして、口を開こうとした。

「お前ら、本当に面倒臭いっ」

明後日《あさって》の方角から聞こえた叫びに、二人は驚いて振り返る。いつの間にか、小道の中腹に周欧が立っていた。

ここに来た時と同じ、白いスーツに大きなスーツケースを携えている。

「お前らを見てるとイライラしてくる。楽しく年を改められそうにないから、別の神のところに泊めてもらうことにした。最後に一応、あいさつくらいはと思ったんだがな」

「そうか。ならば行けばよかろう。俺は夜古と話している。邪魔をしないでくれ」

苛立っているのは璽雨も同じだ。突然現れて口を挟む周欧に、冷たく言い放った。周欧のこめかみがぴくりと震える。二人の間に何やら恐ろしい気配を感じて、夜古はハラハラした。

「お前は変わったな、璽雨。悪い方に変わった。昔は下半身だけ元気で、あとは無気力なだらしのない男だったが、ここまで愚鈍ではなかった。今のお前は悲しいほど愚かしい。そんなふうにお前を変えたのは、この狐か？」

冷たい目で睨まれて、夜古はゾッとした。

いつもの意地悪とは違う、尻尾の毛が逆立つような恐ろしさが周欧にはある。霙雨もそんな周欧の様子に、慌てたように夜古の前に出た。

「夜古に当たるな。お前が苛立っているのは俺にだろう」

「当たってるのはどっちだ？　あと、さっき言ったよな。俺がイライラしてるのは、お前と狐、二人ともだよ」

「お前の感情なんてどうでもいい。夜古に何かしてみろ。許さんぞ」

周欧と対峙《たいじ》し、霙雨の纏《まと》う空気もまた変わる。夜古は怖くて尻尾がビリビリしたが、周欧はまったく動じていなかった。

「ふうん。どうする気だ？　雷でも落とすか」

周欧の言葉が終わらないうちに、空がさっと暗くなった。この季節には似合わぬ雷鳴が遠くで響く。それは段々と近づいてくるようだった。霙雨の力だ。

「つまらん。まったくつまらん。なあおい、夜古？」

「え？」

「馬鹿、顔を出すな」

初めて周欧に名前を呼ばれ、つい霙雨の後ろから顔を出してしまった。慌てたような霙雨に咎められる。その向こうで、周欧がにやりと笑った。

その瞬間、ふわりと身体が浮いたような気がした。璽雨が振り返るなり青ざめ、「夜古」と叫ぶ。その顔は、いつもよりうんと高い場所にあって夜古は首を傾げた。

（あれ？）

奇妙な感覚の正体がなんなのかわからず、璽雨の名を呼ぼうとした。璽雨、なんだか視界がおかしい。

「アォン」

しかし、口から出たのはそんな獣の声だった。びっくりして自分の手を見る。そこには黄金色の被毛が生えていて、見下ろすと腹は白い毛に覆われていた。

着物の袂に入れておいたがま口財布が、いつの間にか地面に転がっている。琥珀の首飾りだけは、変わらず首に下がっていた。

（璽雨、俺は）

オロオロと見回し、自分の姿を確認する。どこからどう見ても、狐の身体だった。

「夜古、夜古！」

悲痛な声で璽雨が夜古を呼び、目の前にひざまずいた。こんな璽雨を見るのは、夜古が死にかけた時以来だ。

「情けない声を出すなよ。姿が狐に変わっただけだ。中身は変わらん。宝玉はそのまま。神の力もそのままさ」

そんな中、周欧のへらへらした軽薄な笑い声が、ひどく残酷に感じられた。目の前の璽雨が、ギリギリと歯を噛みしめる。

「貴様、許さん」

立ち上がり、周欧を振り仰いだ璽雨の怒りは滾《たぎ》り、身体から青白い炎が見えそうだった。周欧は軽く目を眇める。

「おいおい、本当に愚鈍だな。俺に勝てると思っているのか。俺はなあ、お前のことはかなり気に入っていたんだよ。力を持て余して、世を拗ねた思春期の少年みたいなところが、馬鹿なりに可愛《かわい》いと思っていた。もう一度会って、閨《ねや》で手合わせ願いたいと思っていたんだぜ。だがな璽雨。今のお前は気に食わない。力があることが偉いことだと勘違いしていないか？　この狐の神様修業を見てやるとか、隣の山の調停とか、いい奴ぶっているが、妙に上から目線だ。傲慢《ごうまん》だね。俺は今のお前は、嫌いだよ」

突き放すように言った。璽雨も何か言い返そうとしたのだろう。不安げに見上げる夜古の前で、口を開いたが、その途端、ぐっと低く呻《うめ》き出した。

「ぐ……あ……あ」

苦しげに呻きながら、身を二つに折る。ぶるぶると瘧《おこり》のように震えていた。

『霆雨！』

周欧は、霆雨にも何か神通力をかけたのだ。焦った夜古は、狐の姿のまま取り縋《すが》ろうとしたのだが、霆雨は「近づくな」と鋭い声で制止した。

びくりと震えた夜古に、霆雨はどうしてか、ふっと笑いかける。額には汗の玉が浮かんでいた。

「夜古、頼みがある。聞いてくれるか？」

痛みを堪えるような声音に、何も考えず、夜古はこくこくとうなずいた。霆雨の苦しみが解けるなら、なんでもする。

「では、俺が今から言う通りにしてくれ。いいな」

『なんでも言ってくれ。なんでもする』

人の言葉が紡げず、心の声で答えると、霆雨は「いい子だ」と目を細めて夜古の頭を撫《な》でた。

「では、今からその岩の祠の中に入っていてくれ。俺がいいと言うまで、出てきてはだめだ」

『何を言う！』

霎雨は、夜古に一人で逃げろと言っている。そんなことは、とても聞けない。首を振ったが、霎雨は厳しかった。

「なんでもしてくれるのだろう。俺の言う通りにするんだ。そうでなくては、俺にもお前にも危険が及ぶ」

夜古は足手まといなのだ。悲しくて、クン、と鳴いた。

『霎雨は死なないか？　俺を置いて、逝ったりしないか？』

必死で問うと、霎雨はまた優しく夜古を撫でた。

「ああ。俺は滅したりせん。だから、いい子だから中に入ってくれ」

手遅れにならないうちに。霎雨が夜古を逃がすため、何かを必死で堪えているのだと悟り、それ以上は何も言えなかった。

四つの足を蹴《け》り、岩の祠の前へと跳ぶ。岩戸の前で、くるりと振り返った。

『霎雨、大好きだ。死んだら許さん』

狐の声でゥワンと叫ぶと、霎雨は笑った。

「ああ、俺もお前を愛している」

岩戸は夜古が前に立つとするりと開き、中に入った途端、固く閉ざされた。前足でそっと押しても、固く冷たい岩に遮られ、びくともしない。

『霙雨、霙雨。無事でいてくれ』

必死で願った。岩戸は厚く、外とは完全に隔離されている。霙雨の声も、周欧の声も聞こえない。しかしゴロゴロという雷の音だけは聞こえていた。雷鳴は激しく、近くなる。

不意に、ドン、と地面の揺れるような爆音がした。夜古は震え上がったがしかし、雷鳴はそれきり止《や》み、あとは何も聞こえなくなった。

『霙雨、霙雨……無事なのか』

外はどうなったのか。不安でたまらず、何度も呼びかけたが、応えはない。

分厚く冷たい岩の扉に、何度呼びかけただろう。

『霙雨ぅ……』

たまらなくなって、泣きながら夜古は、そっと岩の戸を押した。

頑《かたく》なに閉じていた扉が、するりと開く。そっと顔だけを覗かせると、外はしんと静まり返っていた。いや、遠くでギャアギャアと烏《からす》の声が聞こえる。それもうんと遠くで。

『霙、雨』

霙雨の姿を探したが、見当たらなかった。

「おお狐。やっと顔を出したか」

すぐ間近で周欧の声がした。驚きにキャンと叫んで岩戸に戻ろうとしたが、何か強い力に引っ張られるように、夜古の身体は祠の外へと飛び出していた。

キョロキョロと見回したが、やはり霎雨はいない。池から湧き出る清水の長閑《のどか》な音と、遠くの鳥の悲痛な叫び声が対照的だった。

『霎雨は。霎雨はどこに行った。何をした』

いつの間にか隣に立つ周欧に咆《ほ》えたが、周欧は冷たい目で睥睨《へいげい》した。

「どこにも行ってない。霎雨はそこだよ」

周欧の指が、岩戸の横を示す。恐る恐る振り返ったが、やはり霎雨の姿はなかった。ただそこに、見慣れぬ大きな岩が仰臥《ぎょうが》するだけだ。

見たことのない——先ほどまでは確かにそこには何もなかった。苔《こけ》むした土の上に横たわる、まるで竜の雄々しく長い肢体のような、白く滑らかな岩。まるでたった今、岩山から切り出したかのような。

よく見れば、岩の端には尾がつき、逆の端は長い髭《ひげ》と鋭利な角のある、竜頭の形をしていた。

『これが、霎雨……？』

「俺に逆らうからこうなるのだ。宝玉を砕かなかっただけ、ありがたいと思え」

傲慢な周欧の言葉に、カッとなった。ウウッと唸《うな》ると、周欧は「おいおい、怖いな」と小馬鹿にした声を上げた。

「俺とやり合おうっていうのか？　霆雨もかなわなかった俺と。せっかく霆雨が身を挺《てい》してお前を逃がしたというのに」

そう言われると、何もできなかった。悔しさを振り切るように、白い竜の岩に取り縋る。

『霆雨、霆雨』

岩はひんやりと冷たい。周欧は宝玉を砕かなかったと言っていたし、中から霆雨の宝玉の気配を感じる。生きていることはわかったが、応えのない状態に安心はできなかった。

『……夜古？』

幾度となく名を呼んだ後、岩の中から葉擦れのように小さな声がした。

『霆雨！』

『その声は夜古か。無事だったのか』

小さな声だが、確かに霆雨のものだった。夜古は安堵に泣き出しそうになった。

『お前が庇《かば》ってくれたから、かすり傷一つない。霆雨は？　どこも痛くないか』

『ああ。だが暗くて何も見えない。手足も自分のものではないみたいだ。……俺は、石にされたのか』

「お前の力があれば、そのうち見えるようになるだろう。両の目は岩になったが、他にも物を見る術《すべ》はある」

気軽な口調で割って入ったのは周欧だ。その声に、壐雨は低く恐ろしい、地鳴りのような呻きを上げた。

「宝玉の力もそのままだ。土地を守るのに、なんの差し障りもない。この狐もな。どうせ大した力もないのだ。狐だろうが人形《ひとがた》であろうが変わりあるまい」

壐雨はそれに答えず、しばらく沈黙が続いた。

『……元には戻らないのか』

やがて聞こえた声は、先ほどの唸りとは変わって静かだった。

「さあな」

周欧は、気障《きざ》な仕草で肩を竦める。

「お前の宝玉は強い。長い時間をかければ、俺がお前たちにかけた神通力も解けるかもしれんな。まあこの狐っ子は、お前が解いてやらなければ無理だろうが」

『それも時間がかかるのだろうな』

「俺がかけた神通力だ。どちらにしてもそう簡単には解けないさ。百年か、千年か。しかし、そう悪いこともないぞ？　なあ夜古。壐雨は石になって動けない。これなら心変わりをしてお前に飽きても、お前から離れることはない。それに壐雨。夜古はこの通り、もっさりした狐の身だ。これなら涼やかな若い男神と違って、他の神々がちょっかいを出すこともない。お前をたぶらかしたなどと、悪い噂を立てられることもないだろうさ」

『周欧』

璽雨が恐ろしい声で唸ると、周欧は楽し気に笑った。近くにあった気配が消え、笑い声がすっと遠ざかる。かと思えば、杜《もり》の小道の中腹に姿を現した。

「せいぜい不自由な姿であがくがいい。また数百年後に会おうぞ」

周欧は掻き消えるようにいなくなり、高らかな笑いが最後に残った。

「これが、璽雨様なんですか」

夜古の隣に立つ清太郎は、池のほとりの大きな岩を見て、息を呑《の》んだ。夜古は応ずるように、「クン」と鳴く。

事の次第を話し終えた翠は、沈痛な面持ちでうつむいた。

「すみません。俺もお二人が危険な目に遭うのを見ていたのに、近づくことすらできませんでした」

周欧の横暴な振る舞いを、翠は鳥の姿で見ていた。しかし彼が完全に立ち去るまで、身が竦んで少しも動けなかったのだという。周欧が翠に直接何かをしたのではなく、力ある神々とはそうした、周りの者に克服し難い畏怖《いふ》を与え得るものなのだ。

「どうして謝るんです。霪雨様が勝てない相手なんて、誰も止められませんよ」

夜古が言う前に、清太郎が慰めの言葉をかけた。足元で夜古も、こくこくとうなずく。自分も何もできなかった。それどころか、霪雨に助けられ、一人で岩の祠に逃げてしまった。

周欧が去った後も、夜古は変わり果てた霪雨のそばで呆然《ぼうぜん》としたままだった。翠が来てくれて、やっと我に返ったのだ。

大きな音を聞きつけた清太郎が様子を見に来た時も、翠がすべて説明した。夜古は人の言葉が紡げなくなっていたからだ。

「夜古様と霪雨様が、元に戻る方法はないんですか」

清太郎の問いに、翠は視線を上げないまま「それは……」と口ごもった。

『時間が経てば、戻れるだろう』

静かに言ったのは霪雨だ。清太郎は「あっ」と驚いたように声を上げた。

「今の声、霪雨様ですか?」

『こんな姿に変えられたが、神通力はそのままだ。こうして人に語りかけることもできる』

清太郎がそこで、釈然としない顔をしたのは、夜古とは言葉が交わせないからだろう。

『人に語りかけるには、人の姿を取って人語を発するか、こうして人の心に直接語りかけるしかない。後者はなかなか骨の折れる仕事なのだ。残念ながら夜古のような、力の弱い神々や妖はこれができない』

霪雨の説明に、夜古はちょっとしゅんとしてしまった。もっと力があったら、清太郎にも話しかけられるのに。

「そうですか」

清太郎は納得したようにうなずいた。それから夜古を見る。

「でも夜古様のことは、言葉がなくてもなんとなくわかりますよ。人の姿でも狐の姿でも、思ってることがすぐ顔や態度に出ますからね」

『な、なんだと』

驚いた夜古が思わずキュッ、と鳴くと、霪雨が低く笑う気配がした。清太郎も微笑《ほほえ》む。

「自然に戻るなら、心配ないですね。よかった」

『ただし、時間がかかる。禰宜《ねぎ》よ、お前が生きている間は無理だろうな』

優しく労《いた》わるような声に、清太郎の表情は強張《こわば》った。

「そんなに……」

『外側から、固い殻を被《かぶ》せられたような心持ちだ。変化しようとしても、殻に阻まれて動けない。それ以外は以前と変わらないのだがな。夜古もおそらく同じだろう』

夜古はこくんとうなずいた。今も、自分の身体にある宝玉の力を感じることができる。人形に戻ろうとすると、その力が働くのがわかるが、すぐ何かの力に頭を小突かれて、するんと力が霧散してしまうのだ。

『以前のように好き勝手に出歩けないが、逆に言えばそれだけだ。我々、神の力は変わらない。これからもこの地を守り続ける』

「それは、ありがたいですけど……」

清太郎は沈痛な面持ちで夜古を見た。そんなに悲しまないでほしいと思う。狐の姿のままなのは不安だが、それより清太郎たちを悲しませたくなかった。霙雨の言う通り、姿が狐という以外、どこも傷ついたりしていないし、痛みも苦しみもない。

額をぐりぐりと清太郎の足に押しつけると、「くすぐったいですよ」と笑ってしゃがみこんだ。夜古の首に手を回し、ぎゅっと抱きしめると被毛に顔を埋《うず》めた。

『夜古も、狐だという以外は変わらない。今もお前たちの稲荷神だ』

「そうでしょうか……いえ、そうですね」

神様二人に慰められているのを悟ったのか、清太郎は思い切るように顔を上げた。

「両親に、事情を説明してきます。夜古様のごはんはこれから、お箸《はし》を使わないものにしてもらいましょう」

その言葉に、夜古は少し考える。

自分は霻雨と違って、自由に動き回れる。今まで通り本殿に住まい、ぬくぬくした夜具に包《くる》まって眠れるだろう。

人の言葉は操れないが、紀一郎も美和子も夜古を迎え入れてくれるはずだ。守田家でこれからも毎日、美味《おい》しいごはんが食べられる。

一方で霻雨は、もう岩の祠には戻れない。この場から一歩も動けないのだ。

霻雨の目は石になった。神通力で物のある様を察することはできるが、目で見るのとは違う。彼はずっと、暗い闇《やみ》の中にいるのだろう。これから先もずっと。

好いた相手がそんなふうなのに、自分だけ暖かい夜具に包まっても眠れない。せっかくごはんを作ってもらっても、きっと味はしないだろう。

『俺は、霻雨と一緒にここにいる』

考えて、やがて夜古は言った。清太郎には「ウアン」という狐のつぶやきにしか聞こえ

なかったが、霊雨と翠は驚いた様子だった。

『夜古。俺のことなら気にしなくていい。このままで特に不自由もないのだ』

『俺が霊雨のそばにいたいのだ。ダメか？　俺は霊雨と一緒にいたい。こんな姿だが、俺たちはその、恋仲だし……「らぶらぶ」なのだからな』

自分自身の変化も不安だった。二人でいたら、安心できるし悲しくないと思う。

それに今までずっと、霊雨の気持ちを計りかねていたけれど、今は霊雨が自分を思っていてくれると確信できた。

だって霊雨は、周欧から身を挺して夜古を逃がしてくれたのだ。疑うことなどできなかった。岩の祠に逃げ込む前、「愛している」と言ってくれた霊雨の言葉が耳に残っている。

夜古の必死の訴えに、竜の石が沈黙し、それからクククッと笑う声がした。

『俺たちは互いを想っているのに、遠慮しすぎていたのかもしれん。そうだな。俺たちは一緒にいるべきなのかもしれないな』

翠が夜古の言葉を伝えると、清太郎もちょっと驚いてから笑う。

「わかりました。でもたまには、顔を見せてくださいね。俺たちも寂しいから」

明るく言って立ち上がると、夜古の被毛を撫でた。夜古がクン、と答えると、「俺もこちらに顔を出します」と微笑んで境内に続く小道を登っていった。

『翠。お前にも苦労をかける。悪いな』

清太郎の後ろ姿を見送っていた翠は、璽雨の言葉に振り返って、寂し気に首を振った。

「あなたに振り回されるのは、もう慣れっこですよ。これからも我ら眷属は、あなたについてまいります」

言うと、しなやかな青年の肢体は一羽の鳥に変わり、飛び立っていった。見上げれば、翠を追って他の眷属たちが群れをなしていく。しばらく鳴き声が聞こえたが、やがて静かになった。

『ようやく二人きりになったな』

冗談めかした璽雨の声に、夜古は笑う。いつの間にか日は沈みかけ、薄暗くなりかけていた。刺すような冷たい外気が、黄金色の被毛を抜けて地肌にしんと染みる。

『寒くないか。辛《つら》かったらすぐに本殿に戻るのだぞ』

『大丈夫だ。俺は神なのだからな』

少々寒くても、凍えて死ぬようなことはない。

『それにこうしていれば、ちょっと暖かい』

夜古は璽雨の足元に身を寄せると、くるりと丸くなった。冷たい石から、璽雨の温かな気配がする。

『お前に謝らなければな』

やがて、静かな声がした。

『俺のせいで、お前までこのような姿にされてしまった』

『それを言うなら、俺のせいだ。俺を逃がしたりしなければ、お前は石にならなかった』

足手まといがいなければ、霙雨はもっと自由に反撃ができたのではないか。先刻のことを思い出すと辛くなる。

だが霙雨は、『お前のせいではない』と強く言った。

『俺は心得違いをしていた。周欧に言われてようやく気づいたのだ』

正義漢ぶっている、己こそが正しく、この土地を統べる存在で、一番偉い存在だと慢心している。気づかないうちに周りを見下しているのだと、周欧は言っていた。

『心を入れ替えたつもりだったのに、以前より慢心して愚かになっていた』

『そんなことない。霙雨は毎日、この土地の者を守ろうと立派に働いていたではないか』

霙雨が一生懸命だったのを知っている。

『それが驕《おご》っていたのだ。俺は確かに、宝玉の威光をもって、この土地の神々や妖をすべからく統治することができる。だが土地を守るということは、神の存在をまっとうするということは、そういうことではないのだ』

神は王ではない、と霾雨は言った。力によって立場を上下するものではない。遣いとなる眷属はいるが、それですら主《あるじ》が力で抑えつけるものではなかった。

『神の仕事とは、皆を慈しみ守ることだ。お前に教えられたはずなのに、いつの間にか考えがすり替わっていた。神は立派でなければならない、崇《あが》められ敬われる存在でなければならないと』

『違うのか』

立派でなければならないと、夜古はずっと思っていた。力のない自分を恥じていた。夜古の問いに、『違う』と、霾雨は答えた。

『大きな宝玉を持たなくとも、敬われるべき神はいる。夜古、お前がそうだ』

『俺？』

『周囲の命に寄り添い、生きている。一生懸命に。そういうお前を好きになったと、以前に言っただろう』

『うん』

告白された時は、嬉しかった。それまで自分を縛っていた鬱屈《うっくつ》が、霾雨の一言でたちどころに解かれた。

『自分で言っておきながら、俺は当初の気持ちを忘れていた。己の力を振りかざし、周欧の言う通り、正義漢ぶって周囲の者を支配しようとしていた。お前にいいところを見せたかった』

夜古は驚いて霎雨を見上げた。石から苦笑の気配がする。姿は変わらなかったが、きっと困ったような顔をしているのだろう。

『好いた相手ができると、臆病になるものだな。お前の前で格好をつけていた。お前にも、修業を強いてしまった』

夜古に神通力の修業をさせようと、躍起になった。

持って生まれた宝玉の力は決まっていて、どんなに練習しようと夜古が霎雨と同じ程度に成長することはないのに。そしてその力で夜古の価値が決まるわけでもないのに、いつの間にか最初の目的を見失っていた。

『結果を焦るあまり、お前に厳しくしてしまった。悪かった』

『いいんだ。でも、霎雨に嫌われたんじゃないかと思って、不安だった。俺こそ、いいところがないから』

霎雨に相応《ふさわ》しい神になりたいと思った。けれど、どんなに修業をしても、結果は出ない。呆れられているのではないかと、ずっと怯えていた。

『霎雨と二人きりでいる時間が少なくて、本当はちょっと拗《す》ねていた。それにその……最初はいっぱいやらしいことをしてきたのに、最近は全然しないし。俺がふがいないから飽きられたのかと』

『そんなはずがないだろう』

強い声で断じてから、すぐに『いや、これも俺のせいだな』と後悔した口調になる。姿は石のままだが、こうして話していると霙雨の表情もわかるような気がした。今までと、本当に変わりはないのだな、と夜古は安心する。

『最初の頃はお前を離しがたくて。仕事に差し障るのに無理をさせていたからな。反省したのだ。しかもその後、心ない噂が立てられているのを知って、俺のせいだと思った』

夜古が霙雨をたぶらかしているという、あの噂だ。霙雨が噂を聞いたら、呆れるのではないかと気にしていたが、霙雨はとっくに知っていて、そして夜古のことを考えてくれていたのだ。

『翠や眷属たちには、お前の耳に入れないように言っていたのだが、知っていたらしいな』

二人して、同じことをしていたのだ。それもお互いを想っていたから。

『そうやって無理をして、自分を律した気になっていた。それで周欧や眼鏡《めがね》の禰宜に嫉妬《しっと》していたら世話はない』

『嫉妬？　清太郎……は、イブの件があるからわかるが、どうして周欧に』

周欧に嫉妬していたのは、夜古の方だ。

『これに関してはあいつが悪い。あの野郎を泊めた夜から、さんざん煽《あお》られたのだ』

そもそも霾雨が周欧を自分の住まいに泊めたのは、夜古と二人きりにさせたくないからだった。

『あいつは俺をたらしだ無節操だと言うが、あいつこそ節操なしだったのだぞ』

昔、ここを訪れた時も、一晩毎《ごと》に閨を変えていた。そんな男神が、今年は夜古の住む本殿に泊まるという。これが他の、好々爺《こうこうや》たる歳神だったとて、心穏やかでいられないというのに、色好みの美丈夫ときたら、とても許容できるものではなかった。

それで自分の住居に招いたのだが、霾雨が夜古に首ったけなのだと知るや、面白がって煽りまくる。

いわく、夜古はまだまだ初心《うぶ》で幼い。記憶を失い、己の正体に不安を持っていたせいで、最不ノ杜から外へは出たがらず、周囲の神々や妖とも親交を持たなかった。つまり、世間知らずな箱入りの神なのだ。

そんな初心な夜古が霾雨を一途《いちず》に慕うのは、単なる刷り込みなのではないか。あるいは、霾雨のことは親のように思っているのではないか、とも。

それで璽雨は心配になった。夜古は長らく、自身の出自を不安に思い、神々や妖と積極的な交流を持たなかった。

だから、周囲に住む神や妖も、夜古のことはほとんど知らない。段々と子供っぽさが抜け、見目麗しく煌《きら》びやかな男神に成長していく様や、周りの者のために一生懸命に働く姿を、誰も知らない。

夜古の愛らしさを知られてしまったら、璽雨のように、本気で夜古に魅せられる者も出るだろう。その時も、夜古の心は揺らがずに璽雨を思い続けてくれるだろうか。

今は璽雨を好きだと言ってくれているけれど、夜古は璽雨しか知らないのだ。もっと真面目で潔癖で、過去にもなんら疚《やま》しいことのない男が現れたら、そちらにいってしまうのではないか。

『そんなことを考えていたのか』

夜古の方は、璽雨に飽きられたらと心配していたのに、璽雨は璽雨であらぬ心配をしていた。少し呆れたが、喜びの方が勝っていた。ちょっと照れ臭くもある。

『俺はそこまで幼くないぞ。神としては新米だが、もう百年も生きている。妖だった頃は、この辺を走り回っていたのだし。何も知らない赤子ではないのだ。それに璽雨のことを親だなんて思ったことない。俺に言い寄る者はいないが……それでも、どんな相手に言い寄られたって、そうホイホイ変わるような気持ちではない』

記憶を失って、この神社で目覚めてから、そばにいる霾雨が気になっていた。近寄れば嬉しかったし、冷たくされると悲しかった。

だが親のような相手に、ドキドキしたりはしない。自分もかつての霾雨の恋人たちのように、閨に入れてほしいなどと妄想することもない。

『恋をするといろいろと見えなくなるのだ。疑心暗鬼になっているところに、周欧は自慢をしてくる』

『自慢？』

『クリスマスのクッキーを焼いただろう。周欧はハートのクッキーをもらったと言っていた。俺は食べさせてもらってないのに』

拗ねたように、霾雨が言う。周欧の奴、そんなことまで言っていたのかと、憤慨する一方、不貞腐れる霾雨を可愛らしいと思ってしまった。

『あれは、お前のためのものだったのだ』

なのに思わせぶりなことを言って、情報料代わりに巻き上げられた。事の次第を打ち明けると、霾雨は深いため息をついた。

『そうだったのか。いや、すまなかった。一人で拗ねて、お前にも冷たく当たった』

この頃の夜古は自分におもねるばかりだと、霻雨に言われたのだ。

『でも、本当のことだ。霻雨だって怒っていたとはいえ、心の中ではそういう気持ちがあったのだろう』

『いや、それは』

『お前に嫌われたくなかった。我がままを言ったら、呆れられると思っていた。俺は物知らずだし、色事にも拙《つたな》いから』

『夜古』

『俺も周欧に嫉妬していた。周欧だけじゃない。過去のことだと言い聞かせながら、お前と関《かか》わったことのあるすべてを妬《ねた》んでいた』

そうして、己の醜い部分を直視することができずにいた。

『夜古。すまない。過去のことは、弁解のしようがない。だが心から愛したのはお前だけだ』

『うん』

『それから、これは弁解させてもらうが。周欧とは過去に何もなかったぞ』

夜古はきょとんと石を見上げた。バツが悪そうに言い淀《よど》む気配がする。

『あいつは、何かあったような素振りをしていたがな。俺もあいつも無節操な色好みだが、相手に組み敷かれるのが我慢ならない性質《たち》なのだ』

かつて、霾雨が周欧を住まいに招き入れた夜。美しい男神に良からぬ心を抱き、酒や馳走を振る舞ったのは真実だ。

しかしいざ、閨に引き込もうとすると、逆に押し倒され、相手に組み敷かれてしまった。あの時の屈辱は忘れない、と霾雨は苦く言う。

結局、どちらが抱くの抱かないのとドタバタ騒いで、朝になってしまった。周欧は、霾雨がどうにも言う通りにならないと知るや、翌日はちゃっかり別の神を口説いていたというのだ。

逞《たくま》しい美丈夫が二人、相手を組み敷こうと躍起になる姿を想像し、夜古は笑ってしまった。

『そうか。では、霾雨の貞操は守られたのか』

『当たり前だ』

むっつりした声になおも笑うと、『笑うな』と怒られた。だがやがて、霾雨も笑い出す。

二人でこうやって、声を立てて笑い合ったのは、いつぶりだろう。

『久しぶりだな』

夜古が思っていたことを、霾雨が口にした。何が、とは尋ねず、『そうだな』と答える。

互いにこんな姿になったというのに、不思議と今は心が穏やかだった。

霾雨の隣にうずくまった夜古の鼻先に、ひらりと冷たいものが触れる。顔を上げると、薄闇の中、空には白い花が舞っていた。

『あ、雪だ』

綺麗《きれい》だな、と思った。すると隣で霾雨が、『綺麗だな』と言った。

白い花は夜古の身体にわずかに舞い降り、しかしそれが降り積もることはなかった。不意に周囲の空気が変わり、身体が暖かくなった。

『霾雨』

『ぬくいか』

ひらひらと舞う雪は、夜古を避けるように降り続く。なのに周りは、守田家のこたつに入っている時のように暖かかった。

『うん。ぬくい』

石に寄り添うと、急に眠くなった。うとうととまぶたを閉じる夜古に、クスリと笑う声がして、誰かが頭を撫でたような気がした。

四

『はい、次は夜古様の番です』

『夜古様、もっといっぱい尻尾を振ってください』

兄弟猫がウニャウニャと注文をつける。夜古は仕方なく、いい加減だるくなってきた尻尾を懸命に振った。

緩急をつけて振ると、猫たちは我先にとじゃれついてくる。楽しげに齧《かじ》りついてくるし、何度やっても飽きることはなくて、夜古はぐったりしていた。

『お前たち、この年の瀬に出歩いたりして、家の者が心配しているのではないか』

そろそろ解放してほしい、と心の中で願いながら言ったのだが、猫たちは得意げに胸を反らすばかりだった。

『おうちは今、大掃除の真っ最中なのです。忙しいから、家の者の邪魔にならないように出かけてあげているのです』

『我らは聡《さと》い猫なのです。そして、非常に家族思いな猫なのです』

それで、夜古に尻尾遊びをねだっているというわけだ。困っていると、後ろの竜の石からクスクスと笑う気配がした。

『彼らにかかっては、お前も肩なしだな』

『霙雨も、ちょっとは代わってくれ』

『無理だな。何しろ俺はこの通りの姿だし』

しれっとして言ったのだが、猫たちはぴんと耳を尖《とが》らせた。

『霙雨様、仲間はずれで拗ねていますか？』

『霙雨様とも遊んであげます』

『お、おい。なんの遊びだ』

偉そうに猫たちは言い、横臥《おうが》する竜の背によじよじと登り始めた。困惑してたしなめる霙雨と、天真爛漫《てんしんらんまん》な兄弟猫を、夜古は穏やかな気持ちで眺める。

今日は大晦日《おおみそか》だ。神社は朝から慌ただしい。滞りなく大晦日を迎えられたから、周欧はこの近くに滞在しているのだろう。

いつもの年と、何も変わりはない。霙雨が石になり、夜古が狐の姿になった以外は。

年嵩《としかさ》の雀は、狐になった夜古を見て、『おいたわしや』と嘆き、涙した。だがすぐにキッとくちばしを上げて、

『いやいや、夜古様は夜古様なれば。どのようなお姿だとて、私め眷属は、夜古様にお仕えいたします』

誰も眷属にした覚えはないのだが、雀は『なんでもお命じください』と張り切っていた。

一方、

『夜古様、遊びましょう』

と、いつも通りふらりとやってきた兄弟猫は、霾雨と夜古の姿を見ても、なんら興味を示さなかった。

『お前たち。俺たちの姿を見ても、なんとも思わないのか』

あまりにも無関心なので、夜古が言うと、猫たちは首を捻《ひね》ったものだ。

『別に』

『遊んでくれるなら、なんでも構いません』

『あ、でも。猫缶をくれたら感謝します』

『ゴロゴロ喉《のど》を鳴らしてあげます』

そんなことを言われたので、夜古と霾雨は、清太郎に猫缶を頼もうかと相談している。

その清太郎はあの後、両親や神社の職員たちに、夜古たちのことを伝えたようだ。どのように、どこまで伝えたのかは知らない。

だが姿を変えられた翌日、狐の姿でそっと境内を覗いたら、たまたま境内に出ていた紀一郎が、その姿に気づいて「夜古様ですか？」と声をかけてきた。

こくんとうなずくと、紀一郎はしばらく無言で夜古を見つめ、それからいつもしているように、わしわしと大きな手で夜古の頭を撫でた。

「たまにはごはんを食べに来てください。美和子が寂しがってます」

ね、と明るく力強い笑顔で言った。

美和子は年末で忙しいらしく、姿を見せなかったが、清太郎はあれから毎日、美和子の作った弁当と酒を一合持って、甕雨と夜古のもとへとやってくる。

弁当は夜古のためで、必ず油揚げが入っている。酒は言わずもがな、甕雨のためだ。弁当の包みをほどきながら、清太郎は神社の様子などを話してくれるのだった。

「俺の分はないんですか」

清太郎に向かって拗ねたように言う翠も、毎日やってくる。他の眷属とともに周囲の情報を集め、甕雨に報告していた。以前のように、方々へ赴くことができなくなった甕雨だが、翠たちに指示を出し、土地に住まう命のために力を尽くしていた。

『人も妖も鳥獣も、安らかでいてほしい。虚栄心もあったが、この土地を見回って、そう思ったことは事実だ』

穏やかな霾雨の口ぶりには迷いがなく、何かが吹っ切れたかのように清々《すがすが》しかった。

世界のすべては見渡せないが、己の住まう土地の数多《あまた》ある命のために、自分ができることが何かあるはずだ。

『俺も、何かしたいな。大したことはできないかもしれないけど。翠たち眷属よりも力は足りないかもしれないけど』

狐の前足では内職もできないし、境内を箒《ほうき》で掃くこともできない。神社の手伝いはできないが、代わりに土地のためになることをしたかった。

『ああ。だが焦らなくていい。我々にはたっぷりと時間がある』

『うん』

ともかく今日は、大晦日だ。

日が傾きかけた頃、ようやく兄弟猫は遊びに飽きて、ごはんの時間だからと家に帰っていった。

『夜古様、霾雨様、良いお年を』

『お年をー』

人間たちが言うのを覚えたらしい。年の瀬らしいあいさつをして行った。

『まったく、いつまでも子供だな』

猫たちを見送って、霾雨は呆れたように言うが、その声は楽しそうだ。

夜古は猫たちを見送ると、彼らが去ったのとは反対の、境内に続く小道を上がり始めた。人が降りてくる気配を感じたからだ。

『ちょっと行ってくる』

霾雨に言い置いて、小道を駆けた。清太郎が今日も弁当を持ってきてくれたのだと思ったが、サンダルを鳴らして現れたのは、美和子だった。

『美和子』

紀一郎や清太郎、それに社務所の職員たちとはこの姿で顔を合わせたことがある。職員たちは、狐が夜古だとは半信半疑ながら、人の言葉のわかる夜古を可愛がってくれた。美和子と顔を合わせるのは、この姿になってから初めてだ。

『食事に行かれなくて、すまなかった。弁当をありがとうな』

人には通じないとわかっていたが、夜古は礼を言った。美和子には、ワウワウと狐が鳴いているようにしか聞こえなかっただろう。

「夜古様。夜古様なの？」

じっとこちらを見つめる美和子が、疑うような声を上げる。夜古は「ウワン」と答えた。

「お父さんと清太郎には聞いてたけど。あらまあ」

ぼんやりと言い、美和子は手にしていたデパートの紙袋から、ごそごそとお弁当の包みを取り出した。

「今日は二人とも忙しいから、私が来たんですよ。外で寝泊まりしているって言うけど、ちゃんと暖かくして寝てるんでしょうね？　お腹を冷やしてない？」

段々と小言めいてきた美和子に、夜古はちょっと笑ってしまった。狐の姿で「くふ」と鼻を鳴らしただけなのに、美和子は割烹着《かっぽうぎ》の腰に手を当てて「笑いごとじゃありませんよ」と怒った顔をした。

「まったく、顔も見せないんだから。昨日、笹川のお豆腐屋さんとも、国際電話でお話ししたんですけどね」

急に話題が変わるので戸惑ったが、南の島にいる徳一と話をしたのだと聞き、驚いた。

『徳一は元気だったか』

「最近はパソコンで電話ができるんですって。カメラがついててね。夜古様、知ってました？　それでね、夜古様のことを話したら、心配してましたよ。帰りたがってましたけど、一人で帰すのはご家族が心配されるから。笹川さんもお年ですしね。ああ、ご本人はお元気ですよ。向こうの気候が合うみたい。――ところでこれ、夜古様に」

また急に話題が変わった。デパートの紙袋の中から再び何かを取り出す。それは赤い、毛糸のマフラーだった。

「狐の姿になったから、半纏《はんてん》は着られないでしょう。今どきは、犬用のコートなんかも売ってますけどね」

『俺は犬ではない』

「マフラーなら巻けると思って。忙しかったからちょっと目が粗いけど。いいわよね、よそ行きじゃないから。安い毛糸だけど暖かいのよ。あら、素敵な琥珀の首飾り。見えるように巻いてあげましょうね」

夜古が抗議の声を上げるのも構わず、ペラペラとまくし立てると、有無を言わせず夜古の首にマフラーを巻く。けれどそれは確かに、ほっこりと首筋を温めてくれた。

「ほらやっぱり。夜古様は赤が似合うわ」

何がやっぱりなのかわからないが、一人で悦に入っている。それでも、美和子が安物だという毛糸はふわふわと巻き心地が優しくて軽い。

マフラーを巻いたまま、くるくると回って見せると、美和子は「気に入ってくれてよかったわ」と微笑んだ。

その微笑みが、くしゃりと歪《ゆが》む。いきなりぎゅっと首筋に抱きつかれたから、夜古はびっくりした。

「まったく、心配しましたよ。夜古様は狐になったからお夕飯が食べられないとか、うちの男どもは言葉足らずだし。本当に気が利かないんだから」

表情は見えなかったが、声がわずかに震えていた。本当に心配させていたのだ。

美和子だけではない。紀一郎も清太郎も、神社の職員たちも、顔には出さないけれど、夜古を案じてくれていたのだろう。

『俺は幸せな神だなあ』

以前のように、自分に言い聞かせるのではない。赤い毛糸のぬくもりを感じ、夜古は心からそう思った。


年が明けた。

暮れに降った雪は大晦日には止み、三が日はよく晴れた。

最不ノ杜神社も初詣客で賑《にぎ》わい、夜古が作ったお守りや破魔矢、おみくじも売れたようだ。参拝客が楽しそうにおみくじを引き合うのを、夜古も境内の端っこでこっそり見守っていた。

「お蔭様《かげさま》で、夜古様の作ったおみくじは完売ですよ」

清太郎がほくほく顔で言っていた。寺と競っていたようだが、勝敗のほどは知れない。

夜古は変わらず狐のまま、霙雨も石のままで、姿が元に戻る気配はない。霙雨は動けないが、隣の祝山にはたびたび翠たち眷属を使いに出していた。

神々や妖の間で諍《いさか》いが起こっているという土地の、調停をするためである。

『周欧にはああ言われたが、すでに首を突っ込んでしまっていたからな。中途半端にはできない』

そう言って、祝山の一帯の者たちが平穏に年を過ごせるように、心を砕いていた。無事に年が明け、諍いは収束したようだ。

ある朝、年嵩の雀が夜古に教えてくれた。

『祝山の諍いを収めた一件で、霙雨様の評判はウナギ登りのようです。その立派な宝玉に相応しい、大きな器を持った神様であると』

力ずくで争いを収めることもできたのに、霙雨はそうしなかった。禍根を残さぬよう、神々や妖たちの話を聞き、石になってからは眷属にその役目を渡して、辛抱強く調停をしてことを収めたというのだ。

諍いが収束すると、霙雨は祝山に昔から住んでいた神々に土地の守りをゆだねたが、彼らは今後も霎雨を主として頂きたいと、申し出たという。

『すごいな、霎雨は』

話を聞いて、夜古は我がことのように誇らしい気持ちになった。

『ええ。今やこの一帯で、霎雨様を悪く言う神々や妖はおりませぬ。かつての霎雨様は好色だの、年若い稲荷神に手を出したロリコンのエロ神だのと、もうそれはそれは、聞くに堪えない噂を流されておりましたが……』

『おい、聞こえてるぞ』

低い声がして、年嵩の雀はビクッと羽を揺らした。霎雨からは少し離れた場所で話していたのだが、ちゃんと聞こえていたらしい。

石になった霎雨の目は見えず、耳も聞こえないが、神通力を使えば周囲の様を把握することはできる。以前よりもいっそう地獄耳になったようだった。

『で、ではわたくしめは、これにて』

雀がバタバタと、慌てたように去っていく。夜古は笑って、ぴょんと霎雨の方へ飛び跳ねていった。

『すごいなあ、霎雨は』

『別にすごくない。所詮《しょせん》は、ロリコンのエロ神だしな』

ふん、と拗ねたような声がする。以前に噂されていたという雀の言葉を、気にしているらしい。

『根も葉もない噂なのだろう？　俺がお前をたぶらかしていたというのと、同じ類《たぐい》だ』

夜古はもう、周囲が立てる噂を気にしてはいない。霪雨と夜古がどんな関係かは、本人たちが一番よくわかっているのだ。

『俺も何か役に立ちたいなあ』

この姿になってからは、掃除も内職もしていない。力があることがすべてではない、というのはもうわかっているけれど、霪雨を見て、夜古ももっと役に立ちたいなあ、と思うのだ。

霪雨はそれに、何も言わなかった。ただ一瞬、目に見えない暖かな手が、ふわりと夜古の頭を掠《かす》めた。

松の内が明け、正月の華やぎも一段落した頃、最不ノ杜に連日雪が降った。

天候の変化に気づいた霪雨が眷属を使って方々に知らせ、人にも清太郎を介して大雪に注意するようにと呼びかけたので、大きな被害は出なかったけれど、外に暮らす鳥獣たちにはやはり、寒さは厳しかったようだ。

その日も雪が降った。日が暮れてから降り続いた雪は、音もなくしんしんと積もり、最不ノ杜を白く覆っていった。

『夜古、夜古。起きてくれ』

石の竜の足元で丸くなっていた夜古が、霾雨の声に起こされたのは、明け方近くだっただろうか。

『どうかしたのか』

『杜のどこかから声がするのだ』

見てきてくれ、と霾雨が言う前に、夜古は杜の奥へと駆け出した。

サクサクと雪を踏みながら、耳を澄ます。この季節、命を失うものは多い。自然の理《ことわり》だけれど、助けられるものなら助けたい。そのために土地の神はいるのだ。

時々、小さな声が聞こえる気がするけれど、それがどこからなのかわからなかった。辛抱強く探し回って、やがて一本の大きな木を見つけた。

『……さむい。おなかすいた』

木の根元から、弱々しい声がする。そうっと前足で雪を掻くと、中に小さな巣穴があった。小さくて身体が入らなかったから、巣穴の入り口から中を覗いた。

そこに棲《す》む動物を怖がらせないように、ゆっくりしたのだが、一目見て、もうその必要もなかったのだと悟った。

『霙雨、狐だ』

　小さく痩《や》せた子狐だった。母親はいない。夜古は巣穴に鼻先を突っ込んだ。もう震える力も残っていない、小さなその身体をそっとくわえて外に出す。首に巻いていたマフラーを外すと、子狐の身体をそれで包み、母親がするように子狐を抱えて丸くなった。弱々しい目が最後の力を振り絞って薄く開く。夜古がそっと顔を舐《な》めてやると、子狐がキュウッと鳴いた。

『あったかい』

『そうか。よかったな。もう寒くないぞ。もうひもじくなかろう』

　声をかけながら、夜古は昔を思い出す。自分もこんなふうだった。小さな巣穴に丸まって、一人で死んだ。

　ひもじくて寒くて、誰にも看取《みと》られず死んでいくのが怖くて寂しかった。けれど土地神様が撫でてくれて、もうひもじくも寂しくもなくなったのだ。

『なあ子狐。あったかい光が見えるだろう。そちらにお行き。ここよりぬくくて、楽しくて、お腹いっぱいごはんが食べられるところだ』

　自分も見たことがある。見るだけで幸せな光だったのに、夜古はどうしてか、この寒い場所にとどまりたいと思った。土地神様にお願いして、小さな神通力を与えられ、妖となったのだ。

この子狐も、頼めば璽雨が神通力を与えてくれるかもしれない。おそらく生きるのに精いっぱいで、今まで何も選べなかっただろう子狐に、最後くらい選ばせてやりたいと思った。

『お前はどうしたい？　こっちにいるか。光の方へ行くか？』

『向こうに行く』

夜古の被毛の中で、ぴくりと小さな身体が震える。それから、先ほどとは違う、きっぱりとした声が答えた。

『だって、かあさまの声がするもの』

『そうか。お前を心配しているのだな』

赤いマフラーに包まれた子狐は、最後に嬉しげな声でキュウッと鳴いた。それから静かに眠りに落ち、しばらくして息を引き取った。

夜古は子狐の身体が冷たくなるまで、抱いていた。今離したら、寂しがるような気がしたからだ。

『日が昇ったら、土に埋めてやろう。草花の賑やかな場所に』

子狐を包んだマフラーをくわえ、池のほとりに戻ると、璽雨が慰める声で言った。夜古はうなずいてから、『俺は無力だな』とつぶやく。

『お前だけではない。俺も同じだ。この広い世界では、俺の力などすべてには及ばぬ』

『……うん』

夜古にとっては大きくて、なんでもできるように見える力だが、確かに何もかもを救えるわけではないのだ。霪雨は夜古より長く生きて、あちこちに行っている。夜古よりずっといろいろなものを見てきたのだろう。

それが羨《うらや》ましいと思ったけれど、静かな声で無力だと言う霪雨を、今は慰めたい気持ちになった。

『なあ霪雨。俺が寝る時、暖かくしてくれるだろう。寝る時だけでなく、雪が降った時や、風が強い日も。もう俺に力を使わなくていい。この土地を守るのに使ってくれ』

一緒にいる時に、さりげなく霪雨が守ってくれているのは知っていた。嬉しいけれど、夜古も神の端くれなのだ。

『俺も、俺のできることをするから』

できることはあまりにも、小さいけれど。

何か役に立ちたいのに力が及ばない、その歯痒《はがゆ》さは、夜古だけのものではない。神だけのものでもないのかもしれない。あがく者、悩む者の定めなのかもしれない。

夜古の言葉に、霾雨は小さく『わかった』と言い、しばらくしてうっそりと笑った。

『なんだ。何がおかしい』

『いや。こちらのことだ。お互いに、この姿のままでも構わないと思ったのだが。お前を抱けないのはやはり、つまらんと思ってな』

『な、なんだ。こんな時に』

『俺はやっぱりお前が愛《いと》しい。お前を愛してよかった。なあ夜古。百年先か、五百年先か。元の姿に戻ったら、お前を抱きたいな』

胸にじん、と熱い火が灯《とも》った。夜古も霾雨が愛おしい。霾雨と出会えてよかったと思った。

『お、俺も……だ、抱』

言いかけて、照れ臭くて、どうしてもその先が言えなかった。

『ん？　なんだ。はっきり言ってみろ』

顔は見えないのに、ニヤニヤと面白がっているのが手に取るようにわかる。

『エロ神め』

言うと、霾雨は声を立てて笑った。

五

『あ、芽』

さくりと踏んだ霜の先に、小さな草の芽を見つけて、夜古は目を輝かせた。長かった冬がようやく終わりそうだ。

今年の冬は長く、寒さが厳しかった。雪もたくさん降った。外で暮らす動物たちの中には、冬を越せないものも多かった。霙雨も四六時中気を配っていたし、夜古も杜の見回りを欠かさなかったけれど、すべては助けられない。

けれどようやく、冷たい季節が終わる。

美和子の巻いてくれたマフラーは、外にいるお蔭でボロボロになってしまった。でも春になったら杜の清水で大事に洗って、また冬に使うつもりだ。

『霙雨、芽。草の芽が出てる』

ぴょんぴょんと跳ねながら、池のほとりへ戻る。首には琥珀の首飾りとマフラーと、今日は風呂敷包みを巻いていた。

さっき、参拝に来た徳一にもらったのだ。中にはふわふわのおからドーナツと、霾雨様に、と酒の小瓶が入っている。

南の島から帰ってきた徳一は、みんなから話を聞いていたのか、夜古の姿を見ても驚いたふうもなかった。ただ「お元気そうで何よりです」と目を細めた。

人々の暮らしは以前とそう、変わらない。守田家や社務所の職員たちは忙しそうに働き、夜古を見ると何かと構ってくれる。お供えだと言って、食べ物とお酒をよくくれた。徳一も頻繁に、お供えを持って参拝に来てくれる。

『霾雨、今日は徳一に、おからドーナツをもらったんだ。霾雨の酒もあるぞ』

喜びいさんで駆けていた、夜古の足がぴたりと止まった。

池のほとり、竜の石の前に、赤く燃えるような髪をした男神がいたからだ。

『周欧』

ひとりでに毛が逆立った。低く唸ると、石を向いていた周欧はこちらを振り返り、「おっと」とおどけた顔をした。

「子狐か。怖い怖い」

『何をしに来た。もうお前の仕事は終わっただろう』

「そうそう。だからまた、年末まで暇なんだよ。暇つぶしに、お前たちの顔でも拝んでやろうと思ってな」

石の前にいた周欧が、気づくと目の前にいた。毛を逆立てる夜古を、面白そうに見下ろすのは、相変わらずだった。

「意外と元気そうだと思ったが、手足が霜焼けになってるじゃないか。おい霎雨、お前も薄情だなあ。これくらい治してやれよ。狐の姿になって、愛も冷めたか？」

これも相変わらず嫌な言い方だが、不思議と以前のように、カッと頭に血が上ることはなかった。霎雨もそれは同じだ。

『夜古も稲荷神だ。霜焼けくらい自分でなんとかする。そうだな、夜古』

感情の昂《たか》ぶりのない静かな声に、夜古もうなずいた。

『霎雨の力は、他の者のために使うのだ。俺の力も。それに今日はお供えをもらったから、霜焼けくらいすぐ治る』

毅然《きぜん》とした態度に、周欧は目を見開いてまじまじと夜古を見た。それから霎雨を見る。

「なんだお前ら。ちょっと見ないうちに悟ったような顔をして」

『悟るということもない。だがまあ、この姿になったお蔭で、ようやく目が見えるようになった。礼を言うぞ』

霎雨が言うと、周欧は苦虫を嚙み潰《つぶ》したような顔をした。

「まったくつまらんな。もっとギスギスカリカリしてると思ったのに」

苛立ったように、ガリガリと赤い髪を掻く。つまらんな、とぶつぶつ言う周欧に、霪雨はやはり静かな声で『周欧』と呼んだ。静かだが、威厳のある声だった。

『お前の言っていたことは真理だ。俺は目を開いているのに見えていなかった。お蔭で見えるようになったから、お前には感謝している。お前の退屈しのぎの気まぐれも許そう。だがこれ以上、俺たちに何かしようとするのなら、今度こそ黙ってはおられぬ。俺の身を賭《と》しても、お前を滅ぼそう』

周欧は、面白くなさそうに柳眉《りゅうび》をひそめた。

「身を賭して、だと？　ふん、この子狐が悲しむぞ」

『ああ、悲しい。我が身を引きちぎられるようだろうな。考えるだけで嫌だ。でもお前には関係のないことだ。これ以上のことを俺たちにするのなら、霪雨はお前を滅するだろう。そうなったお前は俺の行く末を見ることなど叶《かな》わん。退屈も面白味も感じない、ただの塵《ちり》になるのだ。だが霪雨に守られた俺はその遺志を継いで、生き続ける。これから先も、この土地を守っていくだろう』

「脅してるつもりか、それで？　この俺を」

つまらん、とやはり周欧はブツブツ言った。本当に苛立っているような、余裕のない素振りで、夜古はほんの少しだけ、胸がすいた。

「二人して余裕ぶりやがって。もっと殺伐としてると思ったのにな」

『俺たちは愛を確かめ合ったのだ』

ふふん、と夜古が笑ってみせると、「言ってる意味わかってんのか」と呆れたような顔をされた。やっぱり夜古は周欧が嫌いだ。

「ここら辺を回ってみたが、人間どもも動物たちも、いつも通りだしなあ。図太い。まったく図太い。――だがちょっとだけ、ほんのちょっとだけだが。退屈の虫がまぎれたな」

最後の声は小さくて、夜古にはよく聞こえなかった。璽雨には聞こえたのだろう。くすりと笑う。

『図太くて結構』

夜古は胸を張った。

「どんな邪魔が入ろうと、俺たちはらぶらぶだ」

胸を張った分だけ、視界が高くなった気がした。璽雨が驚いたような声を上げる。

『おい夜古』

「俺も大人になった。お前が言ってた『しっぽり』の意味ももう、知っている。年も明けて一皮むけ……むけて……あれっ？」

気のせいではなく、視界がやけに高い。こんなに高い場所で物を見るのは久しぶりだった。夜古は首を傾げ、自分の身体を見下ろす。

赤いマフラーと琥珀の首飾りは相変わらず、胸の前に垂れていた。だがその下には、着物の裾が見える。前足を目の前に翳《かざ》すと、桃色のほっそりした五本の指が、わきわきと動いた。

「あれ?」

「つまらんから、元に戻してやろう。霾雨、お前もな」

その言葉にはっと顔を上げると、目の前にあった大きな竜の石が、霧のように消えるところだった。

「霾雨!」

霾雨が消えてしまう。驚きと焦りで駆け寄る夜古の前で、石はなくなり、代わりにすらりとした美丈夫の姿が現れた。

銀の髪、見惚《みと》れるような金の瞳《ひとみ》の、美しい男神だ。

「霾雨、霾雨……」

信じられないような気持で、霾雨のもとに駆け寄った。

「夜古」

金の瞳が、目の前に立った夜古をまじまじと見つめる。震える手が、そっと夜古の頰《ほお》を包んだ。暖かい。

「暖かいな」

璽雨も言った。その声も震えていた。次の瞬間、璽雨の手に腕を引き寄せられ、抱きしめられていた。

「うん。暖かい」

「まったく。やってられるか」

吐き捨てるような声が背後から聞こえた。振り返ると、周欧は苛立ちを通り越して腹立たし気な様相になっている。

「すっかりからかい甲斐がなくなった。まったく、暇つぶしにもならん」

このバカップルめが、と悪態をついて、周欧は瞬く間に姿を消した。

「何なんだ、あいつは」

夜古は怒ったが、璽雨は「どうでもいい」と一蹴《いっしゅう》した。

「こんなに早く、戻れるとは思わなかった」

夜古の頰を、背中を撫でながら、璽雨は感慨深げに言う。夜古もじん、と胸が熱くなった。

「うん。俺も」

力強く逞しい腕が、夜古の身体をぎゅっと抱きしめる。そのぬくもりがあまりに懐かしく、涙が出た。

「ずっとこうしたかった」

夜古も、壐雨の背に腕を回した。

「俺も。俺もだ、壐雨」

それ以上は何も言えなかった。壐雨の腕がひらりと夜古を抱き上げる。あっという間に岩の祠の中に入っていた。

静かで暖かな祠の中は、以前となんら変わりがない。ほんのりと焚《た》かれた香も未《いま》だほのかに匂い立っていて、ずっと寒空の下で過ごしていたのが夢のようだった。

「お前をこの腕に抱けないことが、こんなに辛いとはな」

「壐雨」

ふかふかの緞通《だんつう》の上に優しく下ろされ、口づけされた。暖かく柔らかな感触に、わけもなく泣きたくなる。

首に巻かれたままだった、お供えの風呂敷包みと赤いマフラーを、壐雨は丁寧に外した。琥珀が下がった鎖を取ろうとするのを、夜古がとどめる。

壐雨は優しく笑って、また夜古に口づけした。頬やまぶたに唇を押し当てながら、着物を脱がしていく。首筋を軽く吸われ、夜古は小さく声を上げた。

さらさらとした銀の長い髪が、夜古の肌を滑る。久しぶりの感覚に身体の芯《しん》が熱くなった。

「しばらく見ないうちに、容姿が大人びた気がするな」

緞通に横たえて覆いかぶさってきた霾雨は、人形に戻った夜古の顔をまじまじと見て言った。

「その物言いだと、前は子供っぽかったように聞こえるが」

自分では今までも大人のつもりだったから、ちょっと拗ねた気持ちになる。尖らせた唇を、霾雨はおかしそうに笑って啄《ついば》んだ。

「いや、以前も美しかったぞ。だがまだほんの少し、少年らしさが残っていた気がする。今はそれも抜けて、すっかり大人っぽくなった」

「そ、そうか」

子供っぽいことを気にしていたから、すごく嬉しい。にまにましていると、「そういうところはまだ子供だな」と笑われた。

「なんだと」

「それだけ、愛らしいということだ」

はぐらかすような物言いに、何か言い返そうと思ったが、帯を解かれてその手が素肌に潜り込んでくると、何も言えなくなった。

「ん……っ」

大きな手が、素肌の感覚を味わうように夜古の身体を撫で、襟を開く。ゆっくりと着物を脱がされ、夜古が身に着けているのは琥珀の首飾りだけになった。

「霆雨……霆雨も、脱いで」

裸で横たえられ、無言のまま見下ろされるのは恥ずかしい。はしたなく兆してしまった下腹部を見られたくなくて、手で隠そうとすると、その両手を摑《つか》まれた。

「隠さないで見せてくれ」

声が掠れ、視線はねっとりと粘りを帯びている。霆雨の視線に呼応するように陰茎が跳ねて、いたたまれなかった。

「やだ……俺ばっかり」

「なんだ。お前も見たいのか」

いやらしい奴、とからかうように言われた。かあっと顔が熱くなる。

「霆雨、意地悪だ。……久しぶりなのに」

涙目で睨むと、パッと摑まれていた両手を離された。

「意地悪なのは嫌か?」

心配そうに覗き込んでくるから、おずおずとうなずいた。

「……優しいのが、いい」

「そうか」

目の前に浮かんだ甘い微笑みに、夜古の胸もきゅうっと甘く引き絞られる。意地悪でもいいかなあと思ってしまった。

霊雨は夜古に覆いかぶさっていた身を起こすと、手早く帯を解いて着物を脱ぎ捨てる。その中心はすでに雄々しく猛《たけ》っていた。

久しぶりに見る美しく淫《みだ》らな裸身に、夜古は羞恥《しゅうち》も忘れて見入ってしまう。身体の奥がじくじくとむず痒く疼《うず》いた。

再び覆いかぶさってきた男神は、唇を軽く合わせると、夜古の首や胸にも丹念に口づけした。

「んぅ……」

肌に唇を寄せながら、胸の突起をこりこりと弄《いじ》られると、思わず声が漏れてしまう。唇を噛むと、気づいた霊雨は長い指で咎めるように夜古の唇を撫でた。

「そんなに噛んだら痛いだろう。我慢せずに、声を出せばいい。ここには俺とお前しかいないのだから」

「ん、う、だって」

「恥ずかしいか？　だがお前の声を聞いていると、俺も興奮する」

言いながら、長い指が夜古の胸の突起をしこらせ、若い陰茎を弄ぶ。二点を強く刺激され、夜古は思わず身をのけぞらせた。

「ひ……あっ、あ」

さらされた白い首筋に、壐雨は甘く歯を立てる。微《かす》かな痛みはさらなる興奮を呼び起こすばかりだった。

「お前をもっと味わわせてくれ」

掠れた声が言い、胸をくすぐっていた銀の髪が、さらりと下へ流れた。夜古の足元へひざまずいた壐雨は、ためらいなく夜古の陰茎を口に含んだ。

「何……や、あ……っ」

慎ましいそれは、根元まで呑み込まれ、強く吸われた。舌先がちろちろと鈴口を刺激する。壐雨の口淫は巧みで、夜古はあっという間に精を放ってしまった。

迸《ほとばし》る精を壐雨は最後の一滴まで啜《すす》り、それでも口淫を止めない。達したばかりで敏感になっているそこを、執拗《しつよう》に舐め上げた。

「あ……ふぅ。だめ、待っ……」

「気持ちいいか？　感じるたびに艶《つや》めいて、美しくなる」

「や、バカ……ああっ」

素肌をまさぐっていた手が、するりと臀部《でんぶ》を滑り、双丘の谷間へもぐり込んできた。長い指がクチクチと襞《ひだ》を擦《こす》り、中に入ってくる。内壁を嬲《なぶ》る久しぶりの感覚に、たまらず身《み》悶《もだ》えした。

「夜古……」

その痴態を、霾雨は熱のこもった目で見つめる。名前を呼ぶ声は、どこか苦し気に感じられた。

「霾雨。俺も、霾雨のをしたい」

おずおずと言うと、切れ長の目は大きく見開かれた。

「下手かもしれないけど。俺だって気持ちよくさせたい」

霾雨はすぐには答えなかった。ただ目を見開いたまま、固まったようにこちらを凝視するだけだ。

「霾雨？」

首を傾げると、霾雨は「ううっ」と低く呻いて突っ伏した。

「こ、こら、どこに顔を埋めてる」
「ちょっと……待ってくれ。今のは不意打ちだった」
弱り切った声で言う。言ってはいけないことだっただろうか。心配になったが、霆雨は
ぎゅうっと夜古の腰を抱きしめた。
「やばかったな。お前の中に入る前に、達するところだった」
あけすけな物言いに、夜古はかあっと赤くなる。顔を上げた霆雨と目が合って、さらに
顔が熱くなった。
霆雨はそれに軽く目をすがめ、起き上がる。上体を起こした夜古の前に立つと、その屹《きっ》
立《りっ》を差し出した。
「してくれるか？」
心配と期待の混じった目で見下ろされ、夜古は無言のままうなずき、その猛々しい陰茎
に指を這《は》わせた。
「……っ」
夜古の指先が触れただけで、霆雨は息を詰める。赤黒い怒張は、腹につくほど反り返っ
て、鈴口からひっきりなしに蜜《みつ》をこぼしていた。
その先端に、夜古は恐る恐る舌を這わせる。ちろちろと舐めると、上から呻き声が聞こ

えた。

たったこれだけで、霎雨は余裕をなくしている。なんだか自分が彼を翻弄《ほんろう》している気になって、夜古は嬉しかった。

大胆になり、霎雨がやったように、その陰茎をぱくりとくわえこんだ。

「あ、あ……夜古」

「ん……っ、霎雨の、大きい」

太くて長くて、夜古の小さな口には入りきらない。懸命に先端を舐《ねぶ》り、口に入らない竿《さお》の部分を両手で扱《しご》き上げた。

「……っ、夜古。もういい。離してくれ」

もう？　と霎雨をくわえたまま見上げる。視線が合って、悔しそうに相手の美貌《びぼう》が歪んだ。途端、口の中にあった霎雨の欲望が弾ける。

「ん、んーっ」

霎雨の精は熱くて大量だった。ドクドクと溢れ出るそれを飲み込めず、口を離してしまった。とろりとした飛沫《ひまつ》が口の端からこぼれる。

「……すまん」

ちょっとびっくりしたけれど、それよりも霎雨が目元を赤くしていて、そちらの方に驚

いた。

「璽雨、気持ちよかったか。……璽雨？」

「すまん」

もう一度、璽雨は謝罪の言葉を繰り返した。薄い肩を摑まれ、再び緞通の上に横たえられる。性急に覆いかぶさってきた璽雨が、その唇をふさいだ。

「えっ、おい、璽雨？」

「良かった。良すぎた。優しくすると言ったが、余裕がない」

達したばかりだというのに、璽雨の雄は赤黒く猛ったままだ。

「お前が欲しい。欲しくてたまらないのだ」

今すぐ欲しいと囁《ささや》かれ、焦がれた吐息とともに、唇が夜古の肌を這う。そうされるたび、先ほど愛撫《あいぶ》された後ろがじん、と疼いた。

「俺も、お前が欲しい」

一つに繫《つな》がりたいと、強く思った。答えた途端、璽雨は夜古の名を呼び、荒々しく腰を抱え上げる。熱くぬめった先端が襞をこじ開け、ゆっくりと中に入ってきた。

「夜古、夜古」

うわごとのように呼び、欲望を突き立てながらも縋るように夜古を抱きしめる。

「ああ……。またお前を抱けた」

ようやく実感したような、安堵の声だった。夜古の胸にも、熱いものがこみ上げてくる。

「うん。嬉しい」

璽雨は微笑み、夜古の唇を吸った。夜古も璽雨のそれを啄む。やがて舌が絡められ、ぐっと腰を打ちつけられた。

「あ、あ……璽雨」

身体を貫く熱い感覚に、身も心も震える。愛しい相手と抱き合うことの、幸せを噛みしめた。

「夜古？」

ほろりとこぼれた涙に、璽雨が少し心配そうな顔をした。夜古は微笑みを返す。頬を撫でる大きな手を、ぎゅっと握った。

「嬉しいのだ」

「ああ、そうだな。俺もだ」

力強い手が握り返してくる。緩やかな律動が優しい快楽をもたらし、二人は長く、深く睦《むつ》み合った。

どれほどの間、そうしていたのだろう。

幾度となく精を吐き、その後も二人は長いこと、抱き合ったままだった。

「清太郎たちに言いに行かないとな。翠にも」

二人が元に戻れたと知ったら、喜ぶだろう。みんなにずいぶんと心配をかけた。

「大丈夫だ。周欧が現れた時、翠も近くにいた。今頃は禰宜に伝えているはずだ」

「そうか」

よかった、とつぶやく。まだもう少しだけ、こうしていたかった。

霙雨の手が、さらりと夜古の髪を撫でる。それから「喉が渇いたな」とつぶやいた。

「それなら、風呂敷包みの中に酒がある。徳一から、お供えをもらったのだ」

「そうか。ありがたくいただこう」

霙雨は嬉しそうだ。今までも幾度となくお供えをもらっていたが、霙雨が直接飲むことは叶わなかった。文字通り石の前に供え、力だけを身に受けていたのだ。酒好きの霙雨は、酒をその舌で直《じか》に味わいたかったのだろう。さっそく風呂敷包みを開いた。

中にあった小瓶を大事そうに手に取ってから、ふと考え込む素振りをする。

やがて、祠の奥にあった長持ちから一組の酒器を取り出してきた。

璽雨がいつも使っている、普段使いの徳利と盃ではない。瓶子と盃は小ぶりながら品良く、酒台は黒漆に見事な螺鈿《らでん》の細工を施した、立派なものだ。

「夜古、盃をかわそう」

唐突に言われて、夜古はきょとんとした。璽雨はそれに、いたずらっぽい笑みを浮かべる。

「盃？　どういうことだ？」

璽雨は答えず、着物を肩に羽織ると、胡坐《あぐら》をかいて自分の前に夜古を座らせた。後ろから盃を差し出し、持っていろと言う。

「なんだなんだ」

困惑するが、璽雨はクスクス笑って答えなかった。瓶子に入れた酒を、夜古が持った盃に注ぐ。

「お前が先に飲め。その後、お前が酒を注いで、俺が飲む」

「それって」

固めの盃というものではないか。振り仰ぐと、璽雨は笑ってうなずいた。

「伴侶《はんりょ》の契りだ。お前と、永いこの世の果てまで共にいたい。ずっとこの先も、一緒にいられるように」

「うん」

二人には、人と違って長い時間がある。これから先もいろいろなことがあるかもしれない。けれど一緒にいられるように。

霻雨の腕に包まれたまま、盃を飲み干すと、今度は霻雨に酒を注いだ。霻雨がそれを飲み、「美味いな」と感じ入ったように言う。

「うん。美味い」

夜古が身体をすり寄せると、霻雨は笑い、強く身体を抱きしめた。

余

「解せぬ」

眉間に皺を寄せて、璽雨がつぶやく。さっきから、ブツブツ言っていた。

「解せぬ解せぬ、と不貞腐れてばかりでは、いつまで経っても作業は終わらんぞ。そもそも、もっと心をこめてだな」

向かいに座る夜古は、璽雨のそんな態度に小言を言っていた。しかし相手に目を向けながらも、手元は寸分違《たが》わぬ動きで、お守りを組み立てている。

今は社務所の一角で、お守り作りの内職に励んでいるところだった。諸事情により、璽雨も手伝っている。文句を言いながらも懸命に作業をするのだが、どうにも手つきがおぼつかない。

「龍神様は不器用だったんですねえ」

夜古の隣でやはりお守りを作っている清太郎が、感心したように言う。

「璽雨様は、なんでも神通力でできちゃいましたからね。こういう細々とした作業は、やったことがないんです。しかし、夜古様は匠《たくみ》の領域ですねえ」

甕雨の隣でやはり感嘆の声を上げるのは、翠である。彼もお守りを組み立てていた。最初は手つきが怪しかったが、いくつか作るうちにコツを飲み込んだようだ。

綺麗に組み上げたお守り袋が、完成品の箱に入れられるのを、甕雨が恨めしそうに見る。

「神通力を使ったらだめだぞー」

夜古が注意した。図星だったのか、甕雨の手がびくっと震える。それを見ていた翠が隣で「ぷっ」と吹き出し、甕雨はぎろりと眷属を睨んだ。

「手がガクガクする……。くそ、色仕掛けなどと卑怯《ひきょう》な真似《まね》をしおって」

愚痴をこぼす甕雨は、元はといえば、翠とともに守田家の夕食に招かれたのである。

元の姿に戻った甕雨と夜古に、みんな喜んだ。守田家をはじめ、事情を知る人間たちも安堵したものだ。

お祝いをしましょう、と言ったのは、紀一郎であったらしい。甕雨様も一緒に来ていただけませんか、と言ってきたのは清太郎だった。

『俺たち人間の、勝手な思いですけど、甕雨様も夜古様と同じ、うちの大事な龍神様なんです。だから元の姿に戻って嬉しい。一緒にお祝いできたらいいなって、思って』

訥々《とつとつ》とした清太郎の言葉に、甕雨も感じ入った。

　清太郎はこれまで、どちらかといえば霆雨に対して冷ややかだった。それは夜古と霆雨が恋仲になる前、霆雨が夜古に辛くあたっていたせいなのだが、そのことは水に流してくれる気になったらしい。

　霆雨もまた、かつては人間が嫌いだったのだが、ここにきて認識を改めている。善良な者ばかりではないだろう。だが、少なくとも今こうして触れ合う人々の心根は温かい。

　清太郎の気持ちをありがたく思い、夕食の招待を受けた。

　当日になり、翠もちゃっかりついてきたのだが、彼は招かれていなかったらしい。

『あれ、翠さんも来たんですか。呼んでませんけど』

　玄関先で清太郎に言われ、珍しくしょんぼりしていた。『嘘《うそ》ですよ』と言われた途端、元の軽薄な調子に戻っていたが。清太郎はなぜか、翠には冷たい。

「変なこと言うな。色仕掛けなんてしてない」

　霆雨のつぶやきに、夜古はプリプリ怒っている。赤く染めた頬が愛らしく、霆雨は「してるだろう」と腹立たし気に言い返した。

　招かれて守田家を訪れたけれど、夕食までには時間があった。夜古はまだ社務所で内職をしているというので、伴侶の働きぶりを覗き見ようと、霆雨はなんの気なしに仕事場を訪れたのだった。

夜古は今日もバリバリ、お守りを作っていた。

いろいろあったが、彼は前と変わらず神社の手伝いをして、神様修業を続けている。だがその合間に、よく杜や神社の周辺を出歩くようになった。人のいる街中ではなく、動物たちの多くいる自然の場所へ足を運ぶ。

小さく弱い者が困っているのではないか、泣いていないかと、見回っているのだ。冬に弱った子狐を見送ってから、夜古はまた少し変わった。自分の力の弱さときちんと向き合い、焦ることなく静かに、自分のできる限りのことをしようとしている。

そのしなやかな強さが眩《まぶ》しくて、霆雨もまた、気持ちを新たにした。

周欧には偽善のように言われたが、霆雨は再び近隣の土地を巡るようになった。以前はより広く、より多くの者のためになろうと忙しく立ち回っていたが、今はゆっくりと丁寧に巡っている。

最不ノ杜は何事もなかったかのように、日常を取り戻していた。

霆雨と夜古も相変わらずだ。住まいも変わらず、本殿と岩の祠にある。ただし、そのどちらともに二人で暮らしていた。月の半分は霆雨が本殿で過ごし、もう半分は夜古が岩の祠に行くのだ。

「どこが色仕掛けなのだ」

喧嘩《けんか》もする。清太郎や翠に言わせると、「くだらない」「犬も食わない」そうだが。

「そもそも、手伝おうかと言ってきたのはお前だぞ」

「う……それは。俺はただ、もっと簡単な、床を掃いたり、ごみを片づけたりとかだな、そういう仕事をしようと思って、声をかけたのだ」

確かに霙雨は、頑張っている伴侶を見て、自分も何かできないかと思い、「手伝うことはないか」と声をかけた。

だが、ぱあっと顔を輝かせた夜古は、「一緒に作ってくれるか」とお守りの部品を指し示した。お守りの部品の一つ一つは美しいが、何やら込み入っている。手先に自信のない霙雨は言葉に詰まったが、「疲れてるか？」と上目遣いに窺い見られて、思わず「いや、まったく」と答えてしまった。

今は後悔している。夜古にいいところを見せようと、安請け合いするのではなかった。お守り作りがこんなに大変だったとは。

作り方を説明されても飲み込めず、すぐに音を上げたが、夜古はスパルタだった。途中退席は許されず、霙雨はおぼつかない手つきでお守りを組み立てながら、今はひたすら、美和子が夕飯に呼んでくれるのを待っている。

「尻に敷かれてますね、霙雨様」

「龍神様って、わりかし情けないですよね」

小声で言い合う翠と清太郎が憎らしい。

「くそっ。今夜の閨では存分に泣かせてやる」

つぶやくと、夜古が顔を真っ赤にして璽雨を睨んだ。

「お守りを作りながら、そういう邪《よこしま》なことを考えてはいかんっ」

「そういう顔をされると、もっと邪な気分になるんだが」

「なっ……。お前、何を」

ちょっと大人になったが、夜古はやっぱり物慣れない。焦って挙動不審になる様に、璽雨はニヤニヤした。翠と清太郎は、うんざりした顔をしている。

守田家の台所から、「ごはんができましたよ」と美和子の声がした。

最不ノ杜神社は、今日も平穏に時が過ぎていく。

鳥は夜に訪れる

子供の頃、守田清太郎《もりたせいたろう》は今よりもっと、たくさんのものが見えていたし、聞こえていた。物事についても、昔の方がよくわかっていたように思う。

清太郎の見えるもの、聞こえる物音は、他の誰《だれ》にも見えないし聞こえない。彼が当然のように判別のつく事柄が、他の人にはわからなかった。

駅前の四つ辻《つじ》にいる、虚《うつ》ろな影は自分以外の誰にも見えない。猫や雀《すずめ》が喋《しゃべ》る言葉がわかるのに、他の人にはただの鳴き声にしか聞こえない。

こんにちは、可愛《かわい》いお坊ちゃんですね、と両親とあいさつを交わす、通りすがりの男が人間ではないことに気づくのは、清太郎だけだ。

自分が見えているもの、聞こえている音のことを、あまり口にしてはいけないのだと、子供ながらにどうしてか知っていた。

といっても、周囲の人間の目を気にしたわけではない。

清太郎が生まれ育った最不和町《もふわ》の人々は、昔から大らかというか、あまり細かいことを気にしない人たちが多かった。それに家が神社だったから、彼の性質《せいしつ》は、怪訝《けげん》な顔をされるよりむしろ「さすが神社の子ね」と納得された。

口に出してはならないのは、『彼ら』に気づかれるからだ。

清太郎が気づいていると知られると、『彼ら』は清太郎に興味を覚える。執拗《しつよう》についてきて、時には清太郎を取って食うぞと脅《おびや》かす。

『彼ら』をなんと呼ぶのか、清太郎は知らない。幽霊か妖《あやかし》か、それとも神と呼ぶのか。ただ、なんの力も持たない人間が近寄ってはならない存在だということだけは、わかっていた。

幼い頃はそんな『彼ら』に出遭うのが怖くて、なかなか外に出られなかった。お蔭《かげ》で幼稚園も、ほとんど通えなかった。

「血筋かねえ。俺は引き継がなかったが」

清太郎が『見える』ことに気づいた父は、気の毒そうに息子の頭を撫《な》でて言った。母はよくわからないながら、怯《おび》える息子を無理に外へ出そうとはしなかった。

「あまり愉快な力ではないが、持って生まれたものは仕方がない。大丈夫、私と同じで大人になれば、そんな怖い思いもしなくなるさ」

父方の祖父は、穏やかに言って清太郎を慰めてくれた。

神社の宮司である祖父は、子供の頃は清太郎と同じように、人には見えないものが見えたのだという。ただ大人になるにつれ、力は段々となくなったのだとか。

外の世界は怖かったが、家のある最不ノ杜《もふのもり》の中では、自由に駆け回ることができた。杜の中にもいろいろなものがいたが、どれも不思議と怖くなかったからだ。

「うちには、神様がいらっしゃるからだろうねえ」

清太郎がどうしてかと尋ねた時、祖父はやはりおっとり微笑《ほほえ》んでそう言った。

小学校に上がってもやっぱり外は怖くて、授業が終わると一目散に家に駆けて戻ったのを覚えている。恐ろしいものは、薄暗がりによく棲《す》んでいた。

「夜古《やこ》様、夜古様ぁ」

息を切らして帰る清太郎に、当時は決まって、神社近くの小川の橋の前で、迎えてくれる者があった。

「おお清太郎。お帰り。ご苦労だったな」

彼が両手を広げた中に、清太郎はばふっと飛び込む。夜古の着物からは、ひなたの匂《にお》いがして安心した。もう大丈夫。怖いものは寄ってこない。

手を繋《つな》いで、神社の鳥居まで歩く。田んぼの暗がりから、うっそりと影のようなものが立ち上ってきても、清太郎は安心していられた。

夜古には黄金色の狐《きつね》の耳と尻尾《しっぽ》があって、彼がその立派な尻尾をぶん、と振ると、影は慄《おのの》くように後退《あとずさ》った。ぴんと立った耳は、清太郎よりも声をよく聞き分けるようだ。

暗がりから囁《ささや》く声に、清太郎が青ざめると決まって、「今日の学校はどうだった」と話しかけて気を紛らわせてくれた。

夜古は最不ノ杜神社の稲荷《いなり》神。お稲荷さんとは、穀物を実らせ、人々の暮らしを豊かにする神様なのだそうだ。父が昔、いろいろと細かく説明してくれたが、小さな清太郎には稲荷神の定義がよくわからなかった。

どういう神様か知らないが、清太郎にとって夜古は夜古なのである。赤ん坊の頃から彼はいて、神社の仕事で忙しい両親や祖父の代わりに、よく遊んでくれた。

「俺自身にも、神がなんなのかよくわからん。とにかく目が覚めたら神だったからの」

神様とは、あるいは幽霊や妖怪とは何か、夜古に尋ねたことがある。気の抜けるような答えが返ってきた。

清太郎ががっかりしたのに気づいたのか、夜古はしかつめらしい顔を作って「だがな」と付け加えた。

「それぞれの持っている中身が違う」

「中身?」

「魂の有り様だ。俺の身の内には、固い宝玉がある。これ、腹を睨《にら》んでも何も見えないぞ。宝玉は俺の魂だからな。だがとにかく、固くてしっかりしている。人や動物の魂は、ふわふわしていて柔らかい。しかし物《もの》の怪《け》妖《あやかし》の類《たぐい》は、身の内が混沌《こんとん》としていて、形が定まらない。幽霊は中が虚ろだ」

やっぱり、いま一つわからない答えだった。しかしその漠然とした言葉は、清太郎の心に残り続けた。

祖父が言った通り、年が上がるにつれて清太郎の見えないものを見る力は薄れていき、中学生になる頃には、すっかりなくなっていた。

以前は当たり前のように見えていたものが見えない。聞こえていた動物たちの声も、ワン、とかニャア、としか聞こえない。

恐ろしかったはずなのに、見えないとなんだか寂しく、心許《こころもと》なかった。

「よかったな。これで、寝小便を漏らさずに済む」

すっかり力がなくなったと告白したら、夜古にはそんなことを言われてむっとした。

「漏らしてません」

「覚えてないのか？　夜中に夜古様どうしよう、とめそめそ泣きながら、本殿まで来たのだ。俺が後始末をしてやったのだぞ。お蔭で美和子《みわこ》に叱《しか》られずに済んだのではないか」

小学校の低学年の頃の話だ。最不ノ杜に怖いものはいない。そうはわかっていても、やっぱり暗闇《くらやみ》が怖かった。夜にトイレに行くのを我慢していたら、おねしょをしてしまった。

それからしばらく、夜は夜古が来てくれて、清太郎と一緒に寝てくれるようになった。

忘れてはいないが、蒸し返されると恥ずかしい年頃なのだ。

「大昔の話です。それにあれ、本殿にある夜古様の布団と取り替えたから、母さんにはバレバレだったんですよ。詰めが甘いっていうか」

「なんだと。ちょっと大きくなったと思ったら、生意気になりおって。この神不孝者めが」

ぷりぷり怒る夜古を、そばにいた祖父が「まあまあ」とたしなめる。

「だが清太郎。見えなくなったといっても、彼らは今も存在している。見えていたお前にはわかるだろう。彼らを無暗《むやみ》に恐れる必要はないが、これからもその存在を侮ったり、軽んじたりしないでほしい」

こうしろ、と命令する形ではなく、してほしい、と願う形でたしなめるのが、いかにも祖父らしかった。神妙にうなずく清太郎に、「宣太《せんた》の言うことは、素直に聞くのだの」と、夜古は拗《す》ねたようにぶちぶち言っていた。

憎まれ口を叩《たた》いたけれど、本当は清太郎も心の底では、夜古の存在に感謝していた。今まで見えていたものが見えなくなっても、夜古の姿は今も変わらず目に見えるし、声も聞こえる。というか、夜古は誰にでも見えるのだ。

「私と出会った頃は、参拝客には遠慮して姿を消していたけれど。もうこの辺りの人たちは、夜古様に慣れてしまったからねえ」

いつでも姿を現して、耳と尻尾もそのうち隠さなくなったのだそうだ。夜古様も最不和町の人も適当だなあ、と半ば呆《あき》れつつ、のほほんとした祖父の言葉を聞いていた。

静かで穏やかな祖父は、それから間もなく亡くなった。祖母は赤ん坊の頃に亡くなったから、身近な人の死を感じるのはこれが初めてだった。

悲しかったのだが、それより夜古の落ち込み方が激しかったので、泣くどころではなかった。両親が言うには祖母が亡くなった時も、しばらくは喪失に慣れず、ぼんやりしていたらしい。

「夜古様、元気出して。俺はずっといるから。俺は死なないから」

人間だから、死なないはずはない。けれどその時は必死だった。夜古までもが祖父のように、儚《はかな》くなってしまうような気がした。

「ありがとうな。清太郎にそこまで言われては、いつまでも落ち込んでいられない」

清太郎の気持ちが通じたのか、夜古は泣き笑いのような顔でそう言って、それから間もなく、以前と同じようにきびきびと働き始めた。

それから十年と少し経ち、清太郎は大人になったけれど、夜古は今も昔と変わらず、最不ノ杜にいる。

大きくなって大人の目から見ても、夜古はちょっと不思議な存在で、けれど清太郎には、なくてはならない家族だった。

「もしかして。禰宜《ねぎ》君にとって夜古様は初恋の相手だったりする？」

耳元で男の囁く声がして、清太郎は思わず「うわあ」と間抜けな声を出して後退った。

振り向くと、黒いセーターを着た美しい青年が立っている。男っぽい顔立ちの中に、甘さと艶《あで》やかさと軽薄さを混ぜ合わせた、今風の青年だった。

「翠《みどり》さん……」

まったく気配がしなかった。いつの間に現れたのだろう。

「はい、こんばんはー」

軽い調子で手を振る彼は、人間ではない。

翠という、烏《からす》の本性を持つ妖で、最不ノ杜に住む龍神《りゅうじん》、璽雨《じう》の眷属《けんぞく》である。夜古の話では、璽雨の片腕で、相当な力を持っている大妖なのだそうだ。とてもそうは見えないが。

以前は人嫌いの主《あるじ》に倣ってか、人前にはほとんど姿を現さなかったが、最近は当たり前のように人間に混じり、ご近所付き合いをしている。霽雨が夜古と恋仲になり、伴侶《はんりょ》の影響で人と交流をするようになったせいだ。

霽雨が神様らしい威厳を持ち、とっつきにくいのに対し、翠は気さくで話しやすいと評判だ。町内には妖と気づかず、彼に憧《あこが》れている女性も多いのではないだろうか。

母の美和子も、この美貌《びぼう》の青年が大のお気に入りで、見かけると必ず食事に誘ったり、何かと構っている。

(確かに、男の俺でも見惚《みと》れるくらい、顔がいいけど)

霽雨も美形だが、彼の方が華があると言ったら、霽雨と恋仲の夜古は異を唱えるだろうが。人を魅了する邪《よこしま》な艶《あで》やかさは、神である霽雨にはないものだ。

男性も女性も、誰もが彼に魅了される。だが清太郎はどうしてか、彼が苦手だった。

「いきなり耳元で喋らないでください。大体なんです。ノックもしないで人の部屋に入ってきて。ていうか、勝手に人んちに上がり込んで」

「勝手にじゃないよ。美和子さんに上がって夕飯を食べていって、って言われたんだけど。あと君の部屋、襖《ふすま》でノックできないからね。いちおう、外から声かけたんだよ。返事がないから中に入ったら、君がそれに夢中で見入ってるからさ」

清太郎が持っていたアルバムを示す。からかうような笑みに、先ほど言われたことを思い出した。

「夜古様が初恋？　おかしなこと言わないでくださいよ。俺の初恋は小学校の担任のゆう子先生です」

夜古を恋愛の対象になんて、考えてもみなかった。冗談にしても、ぞっとしない話だ。

夜古に対する気持ちに強いて名前をつけるなら、それは「家族愛」だし、彼に向ける感情は、祖父に向けていたものに近い。

清太郎はお祖父《じい》ちゃん子なのである。初恋はお祖父ちゃん？　なんて聞かれたら、誰だって背筋が寒くなるに決まってる。

「そう？　なんだかやけに熱心に、同じ写真を見てるからさ。そこに写ってるの、夜古様でしょう。写真に写るなんて、珍しいね」

清太郎が見ていたのは、祖父が亡くなる前の正月、家族全員で撮った写真だった。夜古も写っている。確か、笹川《ささがわ》豆腐店の徳一《とくいち》が撮ってくれたのだと記憶している。

夜古はこの写真を撮る前、俺は写真は苦手だ、とか、神だから写らないかもしれないし、と家族写真に参加するのを渋っていたが、祖父の宣太が頼んで入ってもらったのだ。

夜古が写真に写っているのは、これ一枚きり。祖父も、これが最初で最後だとわかっていたのかもしれない。ずっと体調がすぐれなかったとは思えない、とても健やかで晴れ晴れとした笑顔で、この写真は彼の遺影にもなった。

「これ一枚だけですよ。でも、言い出しっぺの祖父に感謝しないと」

知らない人には見せられないが、大好きな写真だった。今は亡き祖父の笑顔と、その隣には照れ臭そうにカメラを見る夜古がいる。

狐の耳と尻尾は、写真にもちゃんと写っている。黒髪にぱっちりした、まだ少しあどけなさを残した、青年の姿をした夜古。

人の形をした夜古の姿はもう、この写真でしか見ることができない。

(元に戻るのはずっと先、か)

翠が傍らにいるのを束《つか》の間忘れ、清太郎は思わずため息をついた。

霾雨と旧知の仲だという、歳神《としがみ》が現れたのは、つい先月、年の瀬のことだ。

詳しい経緯は聞かされていないが、気まぐれな歳神によって、霾雨と夜古は姿を変えられてしまった。霾雨は石に、夜古は狐の姿に。

霾雨は身動きが取れず、夜古はそんな霾雨のそばに今も寄り添っている。

これから先もずっと、そばにい続けるのだろう。夜古が守田家の食卓に加わることは、もうない。少なくとも清太郎の代では叶《かな》わないことだった。

彼らが元に戻るのは、百年か、五百年、あるいはもっと先か。人の身からすれば気の遠くなるような歳月がかかるらしい。

姿が変わっても、夜古は夜古だ。本殿では暮らしていないけれど、杜に行けば毎日だって会える。

そうわかっているのに、もう生きているうちは言葉を交わすことができないのだと思うと、得も言われぬ喪失感に襲われるのだった。

狐の姿だって夜古なのだと、言ったのは自分自身なのに。今までと変わらず、夜古や壟雨に接しようと思い、そうしているのだが、一人でいると悲しみが溢《あふ》れてくる。

時間が経てば落ち着くかと思ったが、年が変わりとっくに正月気分が抜けた今も気持ちは浮上しない。明日には夜古の姿が戻っているかもしれない、などとあらぬ期待を寄せてしまうのが、今の夜古を否定しているようで嫌だった。

「まあ、いいけどさ。それにしてもすごい部屋……っていうか本棚だな。神職がこんないかがわしいものばっかり集めてて、いいわけ？」

唐突に呆れた声がして、再びアルバムに見入っていた清太郎は、はっと顔を上げた。息のかかる距離にいた翠は、いつの間にか部屋の壁にある書架へと移動している。

清太郎の部屋は、押し入れのついた十二畳の和室だ。南の窓側には小学生の時から使っている勉強机があり、東には押し入れが、西側は天井まで届く書架が据えられている。その書架の三分の一は漫画と一般書籍で、あとの三分の二は清太郎が学生時代から集めている『専門書』だった。

清太郎は実家の稼業を継ごうと、神職の資格が取れる大学に進学したが、そこで本来のコースとは外れた、西洋の民俗や信仰の授業ばかりを取っていた。最初は日本のそれとの比較研究のためだったのが、いつしかどっぷり浸《つ》かりこんでしまったのである。

「ザ・オカルト、って感じだな。なんていうか、妖の俺でも触りたくない禍々《まがまが》しいものが混じってるんだけど。まさか本物じゃないよね」

西洋の古書の一角を見て、翠が嫌そうな顔をする。いつも飄々《ひょうひょう》とした顔をしているから、珍しかった。

「まさか。写本のそのまた写本ですよ。日本は湿気の多い土地ですし。貴重なものを、普通に本棚に置いたりしません」

秘蔵の本は文字通り、神社の一角にある土蔵に、きちんと湿度を管理するケースに入れて保管してある。そう言うと、翠はますます嫌な顔をした。

「書物ってのは厄介だね。まったく、人間てのは罪深いよ。これだけ物騒な本があって何も起こらないのは、甕雨様がいるからだろうな」

「それと、夜古様がいるから」

清太郎は念を押すように言った。力は小さいけれど、れっきとした神様だ。夜古が入ってくると、この部屋にこもった淀《よど》んだ空気が一掃された。もう清太郎には見えないものを見る力はないけれど、それでも夜古が来ると、空気が清々《すがすが》しく入れ替わるのを感じるのだ。

もっとも今は、彼が漫画本を借りに訪れることもなくなったから、空気は淀んだままなのだが。

「そろそろ、晩ごはん食べに行かない？　今日は肉じゃがだって。早く食べたいんだけど」

またもや翠の声で我に返った。清太郎は眼鏡《めがね》のブリッジの位置を直しながら、「そうですね」と立ち上がる。自分ではちゃんと立ったつもりだったのに、足に力が入らず、バランスを崩した。

傾《かし》いだ身体《からだ》を支えたのは、翠の腕だ。

「ちょっと禰宜君。お年寄りじゃないんだから、何もないところで転ばないでよ」

軽薄そうな声は聴きなれたものだが、その腕は思いもかけず逞《たくま》しく、目を瞬《しばたた》いて翠を見てしまった。

「ずっと正座してたから、足が痺《しび》れただけですよ」

素っ気なく言うと、翠も「あ、そ」と手を離す。気を悪くしたかな、と思ったが、次の瞬間には翠が「肉肉、肉じゃが～」と謎《なぞ》の歌を歌い始めたので、脱力した。

食堂に行くと、二人分の食事が用意されていた。清太郎と翠の分だ。

食事を作った母の美和子は、父の紀一郎《きいちろう》と知り合いの結婚式に出かけていない。慌ただしいから食事など気にしなくていいと言ったのに、母はきっちり夕飯を作って行ったのだった。

(母さんにまで、気を遣わせてるなあ)

人前では普段通りにしているつもりなのだけど、自分が落ち込んでいることは、家族に悟られているのだろう。きっと翠も、母が境内で見かけて、強引に連れてきたに違いない。

「すみませんね、翠さん」

向かい合わせに座る男に、清太郎は頭を下げた。翠は、意味がわからない、というように目を瞬いてみせる。

「いや、だって。またうちの母が、無理を言って連れてきたんでしょう。そちらもお仕事で忙しいのに、申し訳ないなと思って」

翠はそれに、何も答えなかった。目を瞠《みは》ったまま、やはり何度かまばたきをする。ごくっと咀嚼《そしゃく》していた肉じゃがを飲み込むと、不意に笑い出した。

「何がおかしいんです」

「おかしいよ。変わってる、ここの人たちは」

「そうですかね」

「俺の正体をわかっていて、夕飯に誘ったり。仕事が忙しいのにすみません、って。俺、サラリーマンじゃないいんだけど」

心底おかしそうに笑う。その微笑みは温かく、言葉では変わっていると言いながら、美和子たちへの好意が窺《うかが》える。

その微笑みを見ていると、心の中に凝《こご》った暗い何かが溶けていく気がする。

「あ、笑った」

知らずに表情が緩んでいたらしい。翠がにやりといたずらっぽい笑みを浮かべるのに、どきりとした。

付き合いで、ごはんを一緒に食べてくれるだけではない。清太郎のこのところの落ち込みぶりを、美和子から聞いていたのだろう。元気づけてくれているのだ。

「翠さん。女の人にモテるはずですよね」

妖のくせに、いやだからこそか、人の心を摑《つか》む術《すべ》に長《た》けている。彼の術中にはまったのが少し悔しくて、大げさにため息をついた。

「俺？　うん、モテるよー。男にも女にも」

悪びれもせず言って、気障《きざ》ったらしく片目をつぶってみせる。そこらの男がやったら鳥肌が立つ仕草だが、様になっているところが翠らしい。

「でしょうね。俺にまで、無駄にピンクオーラ振りまかないでください。落ち着かないから」

翠が苦手だと思うのは、こういうところだ。美和子たちがいる前では好青年ぶっているのに、清太郎と二人になると気まぐれに、こういう婀娜《あだ》っぽい雰囲気を醸し始める。

神や妖は色事に男女の区別はなく、基本的に両刀使いだというけれど、どうして彼が、自分のような冴《さ》えない男にわざわざ色目を使うのか、さっぱり意味がわからなかった。

「ピンクオーラ……なんか軽いな。でも君、何も感じてないわけじゃないんだ。てっきり、夜古様級のピュアッピュア男子だと思ってたんだけど」

「なんです、そのピュアッピュアってのは」

ずいぶんな言われようだ。だが思った通り、彼は意図して清太郎に秋波を送っていたらしい。やっぱり苦手だな、と思いつつ、清太郎は肉じゃがを頰張《ほおば》った。

「俺は早く結婚したいんです。あなたが何を企《たくら》んでるのか知りませんが、取り込むだけ無駄ですよ」

結婚して、子孫を作りたい。自分は人間だから、いつかそう遠くはない未来に死んでしまう。子供の頃に約束したように、いつまでも死なずに夜古のそばにいることはできない。今の夜古には霆雨という伴侶がいる。清太郎たちが死んでも一人ぼっちになる心配はないけれど、彼らを支えるためにこの神社の神職として子孫を残したかった。

だからこそ、最近は以前にも増して合コンに通っているのだ。結婚を焦っているせいか、結果は芳しくないのだが。

「何か警戒されてるなって思ってたけど。企むとか取り込むとか、君の中で俺って、どんだけ悪党なの」

「悪党とは思ってませんが、俺に色目を使う理由がわからない」

かつて、見えないものが見えていたという以外、今はごく普通の人間だ。翠がどうして自分に絡んでくるのか、わからなかった。

清太郎の言葉に、翠はふっと笑みを崩す。軽薄な好青年の風貌《ふうぼう》が、がらりと変わって暗く淫靡《いんび》なものになった。

「何も企んでなんかない。ただ、君に興味があるだけだ。面白いなと、思ったんだよ」

「面白いなんて、言われ慣れない言葉ですね」

冷たく言い返すと、翠はやはり笑う。

「面白いよ、君は。君の中身は」

「中身？」

「魂の有り様だ」

軽薄な気配を消して、男は言った。

「人の魂はふわふわとして柔らかい。君のもそうだ。真っ白なマシュマロみたいに無垢《むく》なのに、時々、焼きマシュマロみたいにどろりと溶ける。形が定まらない。そうなったのは、あの暗い書物に長いこと囲まれていたせいかな。それとも、君が夜古様と長くいたいと強く願ったせいか。そんな君が普通の人間みたいな顔をして、しれっと神社の神職なんてしてるところが、よりいっそう面白い」

そういえば昔、夜古が言っていた。

人や動物の魂は、ふわふわしていて柔らかい。しかし物の怪妖の類は、身の内が混沌としていて、形が定まらないと。

「俺は普通の人間です。変なこと言わないでください」

ぞっとして、目の前の男を睨んだ。だが男は、人を食った笑みを浮かべるばかりだ。

「いいね。そういう、常識ぶってるところ。だからもっと、君を見てみたいと思うんだよ」

「翠さんて、やっぱり苦手です。胡散臭《うさん》いんですよ。何を考えているのか、どうして俺に絡んでくるのか、さっぱりわからない」

杜の池のほとりで、清太郎はぶつぶつと愚痴をこぼす。

隣では狐の姿の夜古が、竜の石を背もたれにしてちょっこり座っている。油揚げを器用に前足で持って、はぐはぐと美味《おい》しそうに食べていた。

夜古と霙雨が歳神に姿を変えられてから、清太郎は数日に一度はこうやって、彼らに油揚げや酒を供えに岩の祠《ほこら》に赴くようになっていた。

夜古は、人間の姿で神社の仕事を手伝えなくなった代わりに、杜を見回り、ここに棲む鳥獣たちを助けているようだ。

本殿には帰らず、ずっと石になった霙雨と一緒に外で寝起きしている。神様だから平気なのだが、真冬の夜にうずくまって寝ている夜古を思い浮かべると、少し悲しい気持ちになる。こういう感傷は、人間のエゴなのかもしれないが。

『「俺も最初は苦手だったが。翠は結構、いい奴だぞ」……と、夜古が言っている』

池の脇《わき》にある、竜の形をした大きな石から、声が聞こえた。

霾雨の声だ。力のある神は、人形《ひとがた》を取っていなくても、人に意思を伝える力があるらしい。しかし夜古は霾雨のように力を持たないので、彼の態度から言いたいことを察するか、今のように霾雨に言葉を介してもらうしかなかった。

「悪い人だとは思いませんよ。人っていうか妖ですけど。母さんたちに対しても、悪意は感じられないし。でも、胡散臭い」

今日は、翠は霾雨の命で遠方に出かけていないので、清太郎は心置きなく彼について思っていることを口にした。

『「お前に興味がある、と言ったのだったな。ただ単に、仲良くなりたいだけなのではないか」……だそうだ』

「あのぅ、霾雨様。夜古様の会話を翻訳してくださるのは、非常にありがたいんですが。別に、夜古様の声マネはしなくていいですからね」

さっきから、夜古のセリフを喋る時にやたらとトーンが高くなるのが、気になって仕方がない。

『なっ……俺は真似《まね》などしていないぞ』

だが本人は無意識だったようで、戸惑った声が返ってきた。清太郎は霾雨に持ってきた酒を石にかけてやりながら、この神《ひと》も丸くなったなあ、と心の中で独りごちる。

昔はほとんど人前に姿を現さなかったし、夜古と恋仲になる前の霾雨は、もっと尖《とが》ってピリピリしていた。

けれど今は、夜古が人間が好きなのを理解して、同じように愛そうとしてくれる。本当は情の深い神様だったのだ。だから清太郎も、以前は夜古に冷たい霾雨が気に食わなかったが、今は尊敬と好意を抱いている。

この先、清太郎たちが老いていなくなっても、霾雨がいれば、夜古が孤独になることはないだろう。

『しかし、あれが人間に興味を覚えるのは、確かに珍しいな』

竜の石が、ぽつりと言った。夜古が『そうなのか？』というように、背中を仰ぎ見る。

『人に限らんが、元々、他者への興味の薄い男だ。自分から誰かに絡むのは珍しい。主の俺が人と交わるようになったから、それに倣って守田家に出入りしているのかと思っていたが。もしかすると、お前が気に入ったからかもしれんな』

「気に入ったって……どこを気に入るんですか」

ますますわからない。龍神の右腕である大妖が、自分なんかの、いったいどこを気に入るというのか。

『それは俺にもわからん。容貌《ようぼう》……は悪くはないが、まあ、翠が取り立てて惹《ひ》かれるほどでもないし。夜古のような愛くるしさもないな。となると中身か。うーむ、守銭奴で西洋魔術オタクなところが、あいつの琴線に触れたのかもしれん。俺にはよくわからんが。夜古の魅力ならば、すぐに言えるんだがな』

「惚気《のろけ》るか貶《けな》すか、どっちかにしてくれませんかね」

丸くなったのはいいが、最近の霎雨はちょくちょくこうして、清太郎にまで惚気を言ってくるので、いささかうんざりしている。

じろりと神なる石を睨みつけてみたが、頭の隅に「中身」という言葉が引っかかっていた。

「ねえ夜古様。俺の魂は、普通の人間と同じですか」

どういうことだ、と目顔で尋ねる夜古に、清太郎は先日、翠に「魂の形が定まらない」と言われたことを話した。

混沌とした魂。そんな妖の性《さが》を、自分も持っているというのだろうか。妖を厭《いと》うているのではないが、ずっと普通の人間だと思っていたのに、唐突にまったく違う存在なのだと言われるのは戸惑う。

清太郎の話を、尖った耳を傾けて聞いていた夜古は、やがて言った。いや、実際に言うのは璽雨だったが。

『「何を普通というのかわからないが、清太郎。お前の魂は、宣太と同じ性質に見える」だそうだ』

「お祖父さんと？」

『「魂の形が定まらない、というのは宣太も同じだった。だが元々、人間の魂は柔らかい。伸びたり縮んだりしたっておかしいことはないだろうと、特に気にしなかったのだ。現に宣太は、人として生を全うしたからな」……と、言っている』

それでも不安げな顔をする清太郎に、璽雨は『俺も夜古と同じ意見だ』と言った。

『時折、そういう人間はいる。中には確かに、妖になる者もいるが、それはまた別の要因があるのだろう。俺が見てきた者たちは、大抵が人として生きて死んでいったぞ』

何も案ずることはない、と言われて、ようやく安心できた。

『しかし、口説いている相手を不安にさせるとは、翠も案外と恋愛ベタだな。まあ誰しも本気の相手には愚かになるということだな。よし今度、あいつをからかってやろう』

面白がっている声で、璽雨が言う。

「本気とか恋愛とか、そういうんじゃないですよ。理由はわかりませんが、何かが翠さんの興味を引いたってだけでしょう」

少なくとも、あの夕食の席で話をした時は、そんな甘い雰囲気ではなかった。どちらかといえば、普段は軽薄な翠が怖いと感じた。

『ふふん。まあ、そういうことにしてやってもよいが』

璽雨はやっぱり面白がっている。清太郎はため息をついて立ち上がった。ともかく、自分の中身が正常だとわかっただけでもよかった。

ではまた、と暇《いとま》を告げようとした清太郎に、夜古が何か言いたげについてきて、足元でくるくると回った。

『「このところ、元気がないようだが。忙しいなら、そう頻繁にお供えを持ってこなくても大丈夫なんだぞ」だそうだ。言われてみれば確かに、顔色がすぐれないようだな』

「そうですか？　どこも悪いところはないですけど」

二人がかりで言われて、思わず顔に手をやった。身体の不調は特に感じていない。仕事は年が明けても相変わらず細々とやることがあって忙しいが、いつものことだ。

「正月疲れが今頃出たんですかねえ。気をつけます。でも、ここには癒《いや》しを求めに来てるんで、無理はしてませんよ」

夜古が人形に戻れないのは悲しいが、それとは別に、ふわふわの狐の被毛を見るのは癒される。しかし、中身は狐ではなく神様で、動きがどうにも人間臭い。見ているとほっこりした気持ちになるのだった。

「やっぱり、もふっとしたものを見てると和みますよね。ねえ夜古様。前に狐の姿になった時も言いましたけど。最近、『猫カフェ』だけでなく、梟《ふくろう》とか兎《うさぎ》のカフェなんてのもありましてね」

境内の空いたスペースにカフェを建て、『狐カフェ』を開くという構想を、清太郎は常から密《ひそ》かに夢想していた。儲《もう》かるし、癒される。

神様を営利目的に利用するのはためらわれるが、夢想するだけならタダだ。狐の夜古がちょこまか働く様と、売り上げががっぽり入る想像をするのは楽しい。

ニマニマする清太郎に、夜古は『狐カフェはやらんぞ』とでも言っているのか、ワゥッと鳴きながら、尻尾でぺしぺしと清太郎の足を叩いた。

じゃれ合う二人を見て、璽雨が『元気そうだな』と呆れたようにつぶやくのが聞こえた。

それからしばらく経ったある夜、清太郎は夢にうなされた。どんな夢なのか曖昧《あいまい》だが、恐ろしい夢だ。

夢だとわかっていて、早く目を覚まさなくてはと思うのに、目が覚めない。二度とこの夢から出られないのではないかという、恐怖に包まれる。

「……君。禰宜君。……清太郎！」

頭の上で声がした。聴きなれた声だな、と思ったところに、鼻先が何やらむず痒《がゆ》くなり、「ぶぇっくしっ」と盛大なくしゃみをしてしまった。先ほどの声が「汚っ」と嫌そうに言う。清太郎は目を覚ました。

「何が……え、翠さん？」

枕元《まくらもと》に気配を感じて顔を向けると、そこに翠がいて仰天した。夢か現《うつつ》かまだぼんやりしていて、確かめるために身を起こしたが、どうやら現実のようだ。

窓の外は暗く、翠がそうしたのか、枕元の電気スタンドが点《つ》いて、ぼんやりと部屋を照らしている。

「どういうことです。どうして翠さんが俺の部屋にいるんです。あっ、まさか夜這《よば》い？」

璽雨から聞いたところによれば、翠も璽雨と負けず劣らずの遊び人らしい。『貞操には気をつけろよ』と、からかうように言われたのを思い出し、布団に入ったままズルズルと翠から遠ざかった。美貌の青年は、うんざりした顔でため息をつく。

「あのねえ。俺は君の危ないところを助けたんだけど」

なんのことだかわからず、目を瞬く。翠が、手に持っていた茶色っぽいものを振ってみせた。眼鏡をかけてよく見ると、獣の被毛のようだ。

「夜古様の尻尾の毛。君の様子がおかしいから、夜古様にお願いして、もらっておいたんだ」

「どうして、そんな」

さっき、鼻がむずむずしたのは、これでくすぐられたからか。尻尾の毛はかなりの量がある。夜古に十円ハゲができたのではないかと、心配になった。

「そんな、じゃない。なんだこの部屋は。数日来ないうちにドロドロになってるじゃないか」

翠には珍しく、本気で怒ったように言われたが、人間の目しか持たない清太郎には、よくわからなかった。言葉で説明してもわからないと思ったのか、翠はため息を一つつくと、専門書が並ぶ本棚へ行き、夜古の尻尾で埃《ほこり》を払うような仕草をした。

「あ、れ？」

途端、部屋の空気が入れ替わったような、すっとした気持ちになった。

「前にここに来た時も、ヤバいと思ったんだ。君の落ち込んでる気分と共鳴してたのかな。魔術書から変な空気が漏れてた。今だって危なかったんだよ」

翠が部屋に来た時には、清太郎はドロドロした気配に呑《の》み込まれていたのだという。このまま目が覚めないかもしれない、と夢の中で思ったのは、あながち間違いではなかったのだ。そう考えて、ゾッとした。

「それは……ありがとうございます」

どうして翠がこんな時間に訪れたのか、というのはまだ謎だが、ともかく彼がいなければ危なかったのは確かだ。おずおずと頭を下げる。翠はどぶのヘドロに触れたような、嫌な顔をしていた。

「まったくね。これだけおぞましい気配に溢れてて、部屋の外に漏れないのが不思議だよ」

「あ、それはたぶん、結界を張ってるからでしょう」

清太郎が言うと、翠は怪訝そうに片眉《かたまゆ》を引き上げた。

「璽雨様が張るようなのではなく、西洋式魔術の、人工的なものですが。いちおう、危険物を取り扱ってるんで、何かあっても外には漏れ出ないようにと」

対策をしているのだが、清太郎自身は効力があるのかないのか、判別する力を持たない。

「ちゃんと結界が効いてたんですね。よかった」

「よくない」

翠は被《かぶ》せるように言い、あまつさえ、ガリガリと苛立《いらだ》ったように頭を掻《か》く。「これじゃあ、璽雨様の思うつぼだ」というつぶやきは、意味がよくわからなかった。

「俺は君に、興味があると言った。定まらない中身もそうだが、君のそういう、身内以外のことには無神経だったり無関心だったりするところも、面白いと思ったんだろう」

「は？　はあ」

「自慢じゃないけど、俺がちょっと笑うだけで、大抵の人間は落ちるんだよね。はい、そこ、『うわぁ』って顔しない。引くなよ。事実なんだから。でも君は、そういう反応なんだよね。俺に無関心。それが興味を引かれたきっかけなのかな。けどはっきりしたことは、俺にもわからない。気づいたら、放っとけなくなってた」

畳みかけるように己の心中を打ち明け始めた翠に、清太郎はやはり「はあ」としか返せない。翠はしかし、そんな清太郎の反応も不満なようだった。

「君が言ったんだろう。璽雨様と夜古様に。俺が君に興味を持つ理由がわからないって」

だから説明しているというのだ。いったい、なんのために。

危ないところを助けてくれたことには感謝するが、真夜中の就寝中に突然やってきて、いちいち話すことでもないだろうと思った。

「あの、ひょっとして。それだけ言いに来たんですか？」

「……」

疑問に思ったから口にしたのだが、翠はちょっと傷ついた顔をして、悪いことを言ったのかもしれないと気づいた。

「それだけじゃないけど。どうせ君はこれから、俺のことどころじゃなくなるだろうから。その前に伝えておこうと思っただけだよ」

ますます首を傾げる清太郎に、翠は手を差し出す。わからないまま手を取ると、ぐっと力強く腕を引かれた。

「君を呼びに来たんだ。璽雨様と夜古様の姿が戻った。紀一郎さんと美和子さんにも知らせたいんだけど、こんな時間だから。とりあえず君だけ起こそうと思って」

さらりと言われた言葉に一瞬、ぽかんと口を開けた。

「それを早く言ってくださいよ!」

いつ、どのようにして戻ったのか、聞きたいことはたくさんあったが、とにかく夜古たちの姿が見たかった。慌てふためいて外へ出る。夜の空気は身を切るような冷たさだったが、そんなことも気にならなかった。

(夜古様、戻ったんだ)

二度とあの姿では会えないと思っていたから、嬉《うれ》しかった。目が潤むのを、風が冷たいせいだと言い訳する。

「清太郎、落ち着きなって」

杜に向かう小道まで来たところで、翠に呼び止められた。後ろから、ふわりと温かなものがかけられる。

「そのままで行ったら、風邪《かぜ》ひくよ」

清太郎のコートだった。部屋の隅にかかっていたのを、持ってきてくれたらしい。

「ありがとう……」

ございます、と言おうとしたが、言えなかった。頭半分ほど高い場所にあった相手の目線が、不意に近づいてくる。ふわりといい匂いがしたかと思うと、翠の唇が軽く、けれど確かに清太郎の唇に押し当てられ、離れていった。

「俺の気持ち。ここまでしたら、鈍感な禰宜君でもわかるかな」

「なっ、あ、あなたねえっ」

オタオタとうろたえる清太郎に、翠はニヤリと悪辣《あくらつ》な笑みを浮かべた。爽《さわ》やかさなど欠片《かけら》もない、美しく黒い微笑だ。

「ほら、清太郎。君の大好きな夜古様が、待ってるよ」

男は何事もなかったかのように、いつも通りの軽い口調で踵《きびす》を返すと、深く暗い闇の中

へと進んでいく。清太郎もそれに続いた。

——また、以前のように夜古様と話せるんだ。

喜びと安堵《あんど》を感じる中、胸の奥にほんの微《かす》かに、何かが芽生えるのを清太郎は感じている。そわそわと、気持ちを落ち着かせなくさせる何か。

「ちょっと、待ってくださいよ」

暗闇で目が利かず、もたもたと足を運ぶ清太郎に、数歩先を行く男は立ち止まり、黙って白い手を差し伸べる。

「危ないから。ほら、おいで」

声に誘い込まれるようにその手を取る。男の手は清太郎より大きくて、そしてひんやりと冷たかった。

夜の杜の中は月明かりも届かず、ほとんど何も見えない。足元が覚束《おぼつか》ないのは一人の時と変わらないのに、こうして手を繋いでいると、不安もなく歩けるから不思議だった。

清太郎は翠に手を引かれるまま、暗い闇の中を歩き続けた。

あとがき

こんにちは、初めまして。小中大豆と申します。

本書は、イースト・プレス「最不ノ杜のお稲荷様と水神様」の続編となります。レーベルが変わり、初めてお手に取っていただく方のために、前作を踏襲しつつ、本作だけでわかるようにしたかったのですが、これがなかなか難しかった。わかりづらい部分がありましたら、申し訳ありません。前作もお手に取っていただけると嬉しいです（宣伝宣伝）。

挿絵は前回と同じく鈴倉温先生が描いてくださいました。先生の描くキャラクターたちが本当に可愛くて、いただいたラフを何度も見返しては癒されています。本当にありがとうございました。先生と、担当様にもご迷惑をおかけしました。素敵な本に仕上げていただき、感謝しております。

そして最後に、ここまでお付き合いくださった読者の皆様にも、感謝申し上げます。少しでも楽しんでいただけたら幸いです。

またどこかで、お会いできますように。

小中大豆

匠のお守り

好評発売中

らぶ
らぶは?
いい箱なのではいってあげます。
もく
もく

夜古さまだいすき
おまもり買い占めたいです
あずくらはる

本作品は書き下ろしです。

ラルーナ文庫

この本を読んでのご意見・ご感想・ファンレターなどお待ちしております。〒110-0015 東京都台東区東上野5-13-1 株式会社シーラボ「ラルーナ文庫編集部」気付でお送りください。

お稲荷《いなり》様《さま》は伴侶《はんりょ》修業中《しゅぎょうちゅう》

2016年3月7日 第1刷発行

著　　者｜小中《こなか》 大豆《だいず》

装丁・DTP｜萩原 七唱

発 行 人｜曺 仁警

発 行 所｜株式会社 シーラボ
〒110-0015 東京都台東区東上野5-13-1
電話 03-5830-3474／FAX 03-5830-3574
http://lalunabunko.com

発　　売｜株式会社 三交社
〒110-0016 東京都台東区台東4-20-9 大仙柴田ビル2階
電話 03-5826-4424／FAX 03-5826-4425

印刷・製本｜シナノ書籍印刷株式会社

ISBN978-4-87919-888-4